DER MASCHINENFRESSER

AF234699

Der US-amerikanische Science-Fiction-Autor Stanley Grauman Weinbaum war nur kurze Zeit als Autor aktiv. Er hatte allerdings einen starken Einfluss auf die Science-Fiction. 1973 wurde ihm zu Ehren ein Krater auf dem Mars benannt. 2008 erhielt er postum den Cordwainer Smith Rediscovery Award für vergessene oder nicht hinreichend gewürdigte Science-Fiction-Autoren.

Abraham Merritt war Autor von Science-Fiction und Fantasy und gehörte mit Edgar Rice Burroughs und Henry Rider Haggard zu den einflussreichsten Autoren amerikanischer Abenteuerliteratur der 1920er- und 30er-Jahre.

Arthur Leo Zagat war ein amerikanischer Anwalt und Autor von Pulp Fiction und Science-Fiction. Während der letzten zwei Jahrzehnte seines Lebens schrieb Zagat zahlreiche Kurzgeschichten. Etwa 500 seiner Geschichten erschienen in einer Vielzahl von Pulp-Magazinen. Er lehrte das Schreiben an der New Yorker Universität. Im Jahr 1941 wurde er in den ersten nationalen Exekutivausschuss der Pulp-Autoren-Liga gewählt.

Der amerikanische Schriftsteller Howard Phillips Lovecraft gilt als der bedeutendste Autor phantastischer Horrorliteratur des 20. Jahrhunderts und hat mit dem von ihm erfundenen Cthulhu-Mythos zahlreiche Nachfolger beeinflusst.

Inhalt dieser Ausgabe

IST FANTASY UND SF EINE TOTERNSTE SACHE?.....5

DER MASCHINENFRESSER...................................6
    Von Stanley G. Weinbaum

DIE FRAUEN DES WALDES......................23
    Von Abraham Merritt

DER SCHRECKLICHE ALTE......................46
    Von H.P. Lovecraft

DIE BRAUT DES VERRÜCKTEN.........................49
    Von Arthur Leo Zagat

Erstaunliche Geschichten

Stanley G.
Weinbaum,
Abraham Merritt,
Arthur Leo Zagat,
H.P. Lovecraft

DER

MASCHINENFRESSER

und

DIE FRAUEN DES WALDES,
DER SCHRECKLICHE ALTE,
DIE BRAUT DES VERRÜCKTEN

AUS DEM ENGLISCHEN ÜBERTRAGEN UND
HERAUSGEGEBEN VON
KLAUS-DIETER SEDLACEK

TOPPBOOK ERSTAUNLICHE GESCHICHTEN BAND 6

Bibliografische Information der Deutschen Nationalbibliothek:
Die Deutsche Nationalbibliothek verzeichnet diese Publikation in der
Deutschen Nationalbibliografie; detaillierte bibliografische Daten
sind im Internet über dnb.dnb.de abrufbar

Original Frontcoverillustration: Paul, 1935

Übersetzung, Coverdesign, Buchblock:
Klaus-Dieter Sedlacek
https://toppbook.de
© 2021 Klaus-Dieter Sedlacek

Herstellung und Verlag: BoD – Books on Demand, Norderstedt

ISBN: 978-3-7543-2074-7

Ist Fantasy und SF eine toternste Sache?

Von Klaus-Dieter Sedlacek

Ist Fantasy und SF eine todernste Sache? Keineswegs! Fantasy und SF lässt sich wunderbar mit Humor verbinden, wie uns der Autor Weinbaum mit seiner fantasievollen SF-Geschichte "Der Maschinenfresser" beweist. Seine überzeichnete Darstellung eines genialen Professors mit Namen van Manderpootz erinnert viele von uns an die Schulzeit, als der eine oder andere schrullige Lehrer uns unterrichtete. Trotz allem Humor darf man dabei nicht vergessen, dass in der Geschichte ein Kern steckt, der irgendwie an eine Lösung im Zusammenhang mit dem Klimawandel erinnert: ein Maschinenfresser, der Autos jagt, fängt und deren Kraftstoff aussaugt. Wirklich eine köstliche Idee. Und im weiteren Verlauf der Geschichte geht es dann um künstliche Intelligenz. Ein Thema, das heute aktueller ist, denn je.

Als zweite Geschichte enthält dieser Band einen fantasiereichen Text von Abraham Merritt über den Wald und den Kampf des Protagonisten für dessen Erhaltung. Ich kann nur sagen, zeitgemäßer geht es kaum, auch wenn die Erstveröffentlichung in Englisch schon viele Jahrzehnte zurückliegt.

Des weiteren gibt es eine spannende Geschichte vom Meister des Horrors Arthur Leo Zagat mit dem Titel "Die Braut des Verrückten", deren Auflösung überrascht. Nicht vergessen sollte man die nette kleine Geschichte vom bedeutendsten Autor der Horrorliteratur H.P. Lovecraft.

Insgesamt erhalten Sie, lieber Leser, somit wieder eine Sammlung der interessantesten Geschichten aus dem Genre Fantasy, Horror, Science-Fiction und Ähnlichem.

Ich wünsche Ihnen nun einen großen Lesegenuss.

Der Herausgeber

Der Maschinenfresser

Von Stanley G. Weinbaum[1]

(Illustration by Paul)

---

1   Originaltitel *"The Ideal"* veröffentlicht in *Wonder Stories*, September 1935

Wer ist der größte Wissenschaftler, der je gelebt hat? Einstein? Galileo? Edison? Es ist van Manderpootz! - Das gibt er sogar selbst zu.

In der Titelgeschichte geht es um die Verbindung von Dixon Wells, einem gewöhnlichen Sterblichen, mit diesem kolossalen Intellekt van Manderpootz, der die Angewohnheit hat, immer zu jeder Veranstaltung zu spät zu kommen, sodass sogar seine Uhr nachläuft, sobald er sie gekauft hat. Ein hinreißender Humor durchdringt Stanley G. Weinbaums vorliegende Arbeit, und zwar mit der gleichen meisterhaften Qualität wie seine epischen "Tweel"-Geschichten.

"Dies", sagte der Franziskaner, "ist mein Automaton, der zur rechten Zeit sprechen, alle meine Fragen beantworten und mir alles geheime Wissen offenbaren wird." Er lächelte, als er seine Hand liebevoll auf den eisernen Schädel legte, der den Sockel krönte.

Der junge Mann starrte mit offenem Mund zuerst auf den Kopf und dann auf den Bruder. "Aber er ist aus Eisen!", flüsterte er. "Der Kopf ist aus Eisen, ehrwürdiger Vater."

"Außen Eisen, innen Geschick, mein Sohn", antwortete Roger Bacon. "Er wird sprechen, zur rechten Zeit und auf seine eigene Art, denn so habe ich ihn gemacht. Ein kluger Mann kann die Künste des Teufels zu Gottes Zwecken verwandeln und so den Feind überlisten. Na also die Vesper ertönt! "Plena gratia, ave Virgo."

Aber der Kopf sprach nicht. Lange Stunden, lange Wochen beobachtete der doctor mirabilis seine Schöpfung, aber die eisernen Lippen schwiegen und die eisernen Augen blieben stumpf, und keine Stimme außer der des großen Mannes ertönte in seiner mönchischen Zelle, noch gab es jemals eine Antwort auf alle Fragen, die er stellte - bis eines Tages, als er über seinem Werk saß und einen Brief an Duns Scotus im fernen Köln verfasste - eines Tages-.

"Es ist Zeit!", sagte das Gesicht und lächelte wohlwollend.

Der Mönch sah auf. "Zeit ist, in der Tat", echote er. "Zeit ist es, die du aussprichst, und zu einer Behauptung, die weniger offensichtlich ist als die, dass Zeit ist. Denn natürlich ist Zeit, sonst gäbe es gar nichts. Ohne Zeit -"

"Zeit war!", brummte das Gesicht, immer noch lächelnd, aber mit strengem Blick auf die Draco-Statue.

"In der Tat, Zeit war", sagte der Mönch, "Zeit war, ist und wird sein, denn Zeit ist das Medium, in dem Ereignisse stattfinden. Materie existiert im Raum, aber Ereignisse ...

Das Gesicht lächelte nicht mehr. "Die Zeit ist vorbei!", brüllte es in Tönen, die so tief waren wie die Glocke der Kathedrale draußen, und zersprang in zehntausend Stücke.

* * * * *

"Na", sagte der alte Haskel van Manderpootz und klappte das Buch zu, "das ist meine klassische Autorität in diesem Experiment. Diese Geschichte, die mit mittelalterlichen Mythen und Legenden überlagert ist, beweist, dass Roger Bacon selbst das Experiment versucht hat und gescheitert ist." Er wedelte mit einem langen Finger und deutete auf mich. "Doch gewinne nicht den Eindruck, Dixon, dass Bruder Bacon kein großer Mann war. Er war - extrem groß, in der Tat; er entzündete die Fackel, die sein Namensvetter Francis Bacon vier Jahrhunderte später aufgriff und die nun van Manderpootz wieder entzündete."

Ich starrte schweigend vor mich hin.

"In der Tat", fuhr der Professor fort, "könnte man Roger Bacon fast als einen van Manderpootz des dreizehnten Jahrhunderts bezeichnen, oder van Manderpootz als Roger Bacon des einundzwanzigsten Jahrhunderts. Sein Opus Majus, Opus Minor und Opus Tertium -"

"Was", unterbrach ich ungeduldig, "hat das alles damit zu tun?" Ich deutete auf den klobigen Metallroboter, der in der Ecke des Labors stand.

"Unterbrich mich nicht!", schnauzte van Manderpootz.

In diesem Moment fiel ich von meinem Stuhl. Die Metallmasse hatte etwas wie "A-agh-rasp!" ausgestoßen und war mit erhobenen Armen einen Schritt auf das Fenster zugelaufen. "Was zum Teufel!", stotterte ich, als das Ding seine Arme fallen ließ und stur an seinen Platz zurückkehrte.

"In der Gasse muss ein Auto vorbeigefahren sein", sagte van Manderpootz gleichgültig. "Also, wie ich schon sagte, Roger Bacon -"

Ich hörte nicht mehr zu. Wenn van Manderpootz fest entschlossen ist, eine Aussage zu beenden, sind Unterbrechungen mehr als sinnlos. Als ehemaliger Schüler von ihm weiß ich das. Also erlaubte ich meinen Gedanken, zu gewissen persönlichen Problemen abzuschweifen, insbesondere zu Tips Alva, die das dringendste Problem des Augenblicks war. Ja, ich meine Tips Alva, die "Traumtänzerin", der kleine blonde Kobold, der in der Yerba-Mate-Stunde für diese brasilianische Firma auftritt. Chormädchen, Tänzerinnen und Fernsehstars sind eine Schwäche von mir; vielleicht zeigt das, dass in mir eine latente Künstlerseele steckt. Vielleicht.

Ich bin Dixon Wells, der Spross der N.J. Wells Corporation, Engineers Extraordinary. Ich soll selbst Ingenieur sein; ich sage "soll", weil mein Vater mir in den sieben Jahren seit meinem Abschluss nicht viel Gelegenheit gegeben hat, es zu beweisen. Er hat einen ausgeprägten Sinn für den Wert der Zeit, und ich bin mit der wenig beneidenswerten Eigenschaft verflucht, zu allem und jedem zu spät zu kommen. Er behauptet sogar, dass die gelegentli-

chen Entwürfe, die ich einreiche, spätjakobinisch sind, aber das ist nicht fair. Sie sind postromanisch.

Der alte N.J. hat auch etwas gegen meine Vorliebe für die Damen der Bühne und des Bildschirms und droht regelmäßig damit, mein Taschengeld zu kürzen, obwohl das eigentlich ein Gehalt sein sollte. Es ist unbequem, so abhängig zu sein, und manchmal bedauere ich den unglücklichen Börsencrash von 2009, der mein eigenes Geld vernichtet hat, obwohl er mich davon abhielt, Whimsy White zu heiraten, und van Manderpootz durch seinen Konjunktivator zu beweisen vermochte, dass das eine Katastrophe gewesen wäre. Aber was meine Gefühle betraf, war es trotzdem fast eine Katastrophe. Ich brauchte Monate, um Joanna Caldwell und ihre silbernen Augen zu vergessen. Nur ein weiterer Fall, in dem ich ein wenig zu spät dran war.

Van Manderpootz selbst ist mein alter Physikprofessor, Leiter der Abteilung für neuere Physik an der N.Y.U., und ein Genie, aber ein wenig exzentrisch. Urteilen Sie selbst.

"Und das ist die These", sagte er plötzlich und unterbrach meine Gedanken.

"Eh? Oh, natürlich. Aber was hat dieser grinsende Roboter damit zu tun?"

Er räusperte sich. "Ich habe es dir doch gerade gesagt!", brüllte er. "Idiot! Schwachkopf! Zu träumen, während van Manderpootz redet! Raus! Raus!"

Ich ging. Es war ohnehin schon spät, so spät, dass ich am Morgen mehr als sonst verschlief und im Büro mehr als die übliche Belehrung über Pünktlichkeit von meinem Vater erdulden musste.

Als ich das nächste Mal abends vorbeikam, hatte Van Manderpootz seinen Ärger vergessen. Der Roboter stand immer noch in der Ecke neben dem Fenster, und ich verlor keine Zeit, nach seinem Zweck zu fragen.

"Es ist nur ein Spielzeug, das ich einige der Studenten konstruieren ließ", erklärte er. "Hinter dem rechten Auge befindet sich ein Schirm aus fotoelektrischen Zellen, die so miteinander verbunden sind, dass sie den Mechanismus aktivieren, wenn ein bestimmtes Muster auf sie geworfen wird. Das Ding ist an den Lichtstromkreis angeschlossen, aber eigentlich müsste es mit Kraftstoff betrieben werden."

"Warum?"

"Nun, das Muster, auf das es eingestellt ist, hat die Form eines Autos. Sieh mal hier." Er nahm eine Karte von seinem Schreibtisch und schnitt die Umrisse eines stromlinienförmigen Autos ein, wie sie in diesem Jahr üblich waren. "Da nur ein Auge benutzt wird", fuhr er fort, "kann das Ding den Unterschied zwischen einem großen Fahrzeug in der Ferne und diesem kleinen Umriss in der Nähe nicht erkennen. Es hat keinen Sinn für Perspektive."

Er hielt das Stück Pappe vor das Auge des Mechanismus. Sofort brüllte es "A-a-ghrasp!", und es sprang mit erhobenen Armen einen Schritt vorwärts. Van Manderpootz zog die Karte zurück, und wieder sank das Ding stur an seinen Platz zurück.

"Was zum Teufel!", rief ich aus. "Wozu ist das gut?"

"Arbeitet van Manderpootz jemals ohne Hintergedanken daran? Ich benutze es als Demonstration in meinem Seminar."

"Um was zu demonstrieren?"

"Die Macht der Vernunft", sagte van Manderpootz feierlich.

"Wie? Und warum sollte es mit Kraftstoff und nicht mit elektrischem Strom funktionieren?"

"Eine Frage nach der anderen, Dixon. Du hast die Großartigkeit von van Manderpootz' Konzept übersehen. Sieh her, diese Kreatur, so unvollkommen sie auch ist, repräsentiert die Raubmaschine. Es ist die mechanische Parallele des Tigers, der in seinem Dschungel lauert, um sich auf lebende Beute zu stürzen. Der Dschungel dieses Monsters ist die Stadt; seine Beute ist die unachtsame Maschine, die den Pfaden folgt, die man Straßen nennt. Verstehst du?"

"Nein."

"Nun, stell dir diesen Automaten vor, nicht wie er ist, sondern wie van Manderpootz ihn machen könnte, wenn er wollte. Er lauert gigantisch im Schatten von Gebäuden; er schleicht heimlich durch dunkle Gassen; er schleicht auf verlassenen Straßen, während sein Verbrennungsmotor leise schnurrt. Dann - ein ahnungsloses Auto blinkt sein Bild auf den Bildschirm hinter seinen Augen. Er springt. Er ergreift seine Beute, schwingt sie mit stählernen Armen in seine stählernen Kiefer. Durch die metallene Kehle des Opfers krachen stählerne Zähne, das Blut der Beute - also das Benzin - fließt in den Magen oder in den Benzintank. Mit neuer Kraft schleudert er die Hülle weg und zieht weiter, um andere Beute zu suchen. Es ist der Maschinen-Fresser, der Tiger der Mechanik."

Ich schätze, ich starrte stumm vor mich hin. Plötzlich wurde mir klar, dass das Gehirn des großen van Manderpootz einen Sprung hatte. "Was zum ...?", keuchte ich.

"Das", sagte er unwirsch, "ist nur ein Konzept. Ich habe noch viele andere Verwendungsmöglichkeiten für dieses Spielzeug. Ich kann damit alles beweisen, alles, was ich will."

"Das können Sie? Dann beweisen Sie etwas."

"Nenne ein Thema, Dixon."

Ich zögerte, verblüfft.

"Komm!", sagte er ungeduldig. "Hör zu, ich werde beweisen, dass Anarchie die ideale Regierung ist, oder dass Himmel und Hölle derselbe Ort sind, oder dass -"

"Beweisen Sie das!" Sagte ich. "Über Himmel und Hölle."

"Ganz einfach. Zuerst werden wir meinen Roboter mit Intelligenz ausstatten. Ich füge ein automatisches Gedächtnis mithilfe des alten Cushman-Verzögerungsventils hinzu; ich füge einen mathematischen Sinn mit einem der Rechenmaschinen hinzu; ich gebe ihm eine Stimme und einen Wortschatz mit dem Magnetimpuls-Drahtphonographen. Der Punkt, auf den ich hinaus will, ist folgender: Angenommen, es gibt eine intelligente Maschine, folgt daraus nicht, dass jede andere Maschine, die genauso konstruiert ist wie sie, die gleichen Eigenschaften haben muss? Hätte nicht jeder Roboter, der das gleiche Innenleben hat, genau den gleichen Charakter?"

"Nein!" schnauzte ich. "Menschen können nicht zwei Maschinen exakt gleich bauen. Es gäbe winzige Unterschiede; eine würde schneller reagieren als die andere, oder eine würde Fox Airsplitters als Beute bevorzugen, während eine andere am heftigsten auf Carnecars reagierte. Mit anderen Worten, sie hätten - Individualität!" Ich grinste triumphierend.

"Genau mein Punkt", bemerkte van Manderpootz. "Du gibst also zu, dass diese Individualität das Ergebnis einer unvollkommenen Verarbeitung ist. Wären unsere Fertigungsmittel perfekt, wären alle Roboter identisch, und diese Individualität würde nicht existieren. Ist das wahr?"

"Ich ... nehme es an."

"Dann behaupte ich, dass unsere eigene Individualität darauf zurückzuführen ist, dass wir nicht perfekt sind. Wir alle - auch van Manderpootz - sind nur deshalb Individuen, weil wir nicht perfekt sind. Wären wir perfekt, wäre jeder von uns genau wie jeder andere. Stimmt das?"

"Äh - ja."

"Aber der Himmel ist per Definition ein Ort, an dem alles perfekt ist. Deshalb ist im Himmel jeder genau wie jeder andere; und deshalb ist jeder durch und durch ein Langweiler. Es gibt keine größere Folter als Langeweile, Dixon, und - nun, habe ich meinen Standpunkt bewiesen?"

Ich war fassungslos. "Aber - was ist denn mit Anarchie?", stotterte ich.

"Einfach. Sehr einfach für van Manderpootz. Sieh her; bei einer vollkommenen Nation - d.h. einer, deren Individuen alle genau gleich sind, was ich gerade als Vollkommenheit bezeichnet habe - bei einer vollkommenen Nation, ich wiederhole, sind Gesetze und Regierung völlig überflüssig. Wenn jeder auf Reize in gleicher Weise reagiert, sind Gesetze natürlich völlig überflüssig. Wenn zum Beispiel ein bestimmtes Ereignis eintreten würde, das zu einer Kriegserklärung führen könnte, dann würde jeder in einer solchen Nation im selben Moment für den Krieg stimmen. Deshalb ist eine Regierung unnötig, und deshalb ist die Anarchie die ideale Regierung, da sie die richtige Regierung für eine perfekte Spezies ist." Er hielt inne. "Ich werde nun beweisen, dass die Anarchie nicht die ideale Regierung ist ..."

"Schon gut!", bettelte ich. "Wer bin ich, dass ich mit van Manderpootz streite? Aber ist das der ganze Zweck dieses schwindelerregenden Roboters? Nur eine Grundlage für die Logik?" Der Mechanismus antwortete mit seinem üblichen Raspeln, während er auf ein vagabundierendes Auto jenseits des Fensters zuhielt.

"Reicht das nicht?", knurrte van Manderpootz. "Aber" - seine Stimme senkte sich - "ich habe ein noch größeres Ziel im Auge. Mein Junge, van Manderpootz hat das Rätsel des Universums gelöst!" Beeindruckt hielt er inne. "Nun, warum sagst du nicht etwas?"

"Äh!" Keuchte ich. "Es ist - äh - großartig!"

"Nicht für van Manderpootz", meinte er bescheiden.

"Aber - was ist es?"

"Eh-oh!" Er runzelte die Stirn. "Nun, ich werde es dir sagen, Dixon. Du wirst es nicht verstehen, aber ich werde es dir sagen." Er hustete. "Schon im frühen Zwanzigsten Jahrhundert", fuhr er fort, "hat Einstein bewiesen, dass Energie etwas Besonderes ist. Materie ist ebenfalls partikular, und jetzt fügt van Manderpootz hinzu, dass Raum und Zeit diskret sind!" Er starrte mich an.

"Energie und Materie sind partikulär", murmelte ich, "und Raum und Zeit sind diskret! Wie sehr moralisch von ihnen!"

"Schwachkopf!", blaffte er. "Mit den Worten von van Manderpootz zu spielen! Du weißt sehr wohl, dass ich partikulär und diskret im physikalischen Sinne meine. Die Materie besteht aus Teilchen, deshalb ist sie partikulär. Die Teilchen der Materie heißen Elektronen, Protonen und Neutronen und die der Energie Quanten. Ich füge jetzt noch zwei weitere hinzu, die Teilchen des Raumes nenne ich Spationen, die der Zeit, Chrononen."

"Und was zum Teufel", fragte ich, "sind Teilchen von Raum und Zeit?"

"Genau das, was ich gesagt habe!", schnauzte van Manderpootz. "Genau so, wie die Teilchen der Materie die kleinsten Stücke der Materie sind, die es geben kann, genau so, wie es so etwas wie ein halbes Elektron nicht gibt, oder, was das betrifft, ein halbes Quant, so ist das Chronon das kleinstmögliche Fragment der Zeit und das Spation das kleinstmögliche Stück des Raums. Weder die Zeit noch der Raum sind kontinuierlich, sie setzen sich jeweils aus diesen unendlich kleinen Fragmenten zusammen."

"Nun, wie lang ist ein Chronon im Zeitmaß? Wie groß ist ein Spation im Raum?"

"Van Manderpootz hat das sogar gemessen. Ein Chronon ist die Zeitspanne, die ein Energiequant braucht, um ein Elektron von einer elektronischen Umlaufbahn zur nächsten zu schieben. Ein kürzeres Zeitintervall kann es offensichtlich nicht geben, denn ein Elektron ist die kleinste Einheit der Materie und das Quant die kleinste Einheit der Energie. Und ein Spation ist genau das Volumen eines Protons. Da es nichts Kleineres gibt, ist das offensichtlich die kleinste Einheit des Raumes."

"Nun, sehen Sie hier", argumentierte ich. "Was befindet sich dann zwischen diesen Teilchen von Raum und Zeit? Wenn sich die Zeit, wie Sie sagen, in Sprüngen von je einem Chronon bewegt, was ist dann zwischen den Sprüngen?"

"Ah!", sagte der große van Manderpootz. "Jetzt kommen wir zum Kern der Sache. Zwischen den Teilchen von Raum und Zeit, muss offensichtlich etwas sein, das weder Raum, Zeit, Materie noch Energie ist. Vor hundert Jahren nahm Shapley van Manderpootz in einer vagen Weise vorweg, als er sein Kosmo-Plasma ankündigte, die große zugrunde liegende Matrix, in die Zeit und Raum und das Universum eingebettet sind. Jetzt verkündet van Manderpootz die ultimative Einheit, das universelle Teilchen, den Brennpunkt, in dem sich Materie, Energie, Zeit und Raum treffen, die Einheit, aus der Elektronen, Protonen, Neutronen, Quanten, Spationen und Chrononen aufgebaut sind. Das Rätsel des Universums wird durch das gelöst, was ich das Kosmon genannt habe." Seine blauen Augen bohrten sich in mich.

"Großartig!", sagte ich schwach, da ich wusste, dass ein solches Wort erwartet wurde. "Aber wozu ist es gut?"

"Wozu ist es gut?", brüllte er. "Es bietet - oder wird bieten, sobald ich ein paar Details ausgearbeitet habe - die Möglichkeit, Energie in Zeit zu verwandeln, oder Raum in Materie, oder Zeit in Raum, oder -" Er stotterte und verstummte. "Dummkopf!", murmelte er. "Wenn ich daran denke, dass du bei van Manderpootz studiert hast. Ich werde rot; ich werde tatsächlich rot!"

Man hätte es ihm nicht ansehen können, wenn er errötet wäre. Sein Gesicht war immer rötlich genug. "Kolossal!", sagte ich hastig. "Was für ein Verstand!"

Das beschwichtigte ihn. "Aber das ist noch nicht alles", fuhr er fort. "Van Manderpootz bleibt nie vor der Perfektion stehen. Ich kündige jetzt das Einheitsteilchen des Gedankens an - das Psychon!"

Das war ein bisschen zu viel. Ich starrte einfach nur.

"Nun, du magst verblüfft sein", meinte van Manderpootz. "Ich nehme an, du weißt, zumindest vom Hörensagen, von der Existenz des Denkens. Das Psychon, die Einheit des Denkens, ist ein Elektron plus ein Proton, die so gebunden sind, dass sie ein Neutron bilden, eingebettet in ein Kosmon, das ein Volumen von einem Spation einnimmt, angetrieben von einem Quant für eine Periode von einem Chronon. Sehr offensichtlich; sehr einfach."

"Oh, sehr!" Echote ich. "Sogar ich kann sehen, dass das einem Psychon entspricht."

Er strahlte. "Ausgezeichnet! Ausgezeichnet!"

"Und was", fragte ich, "werden Sie mit den Psychons machen?"

"Ah", grummelte er. "Jetzt gehen wir sogar am Kern der Sache vorbei und kehren zu Isaak hier zurück." Er deutete mit dem Daumen in Richtung des Roboters. "Hier werde ich den mechanischen Kopf von Roger Bacon erschaffen. Im Schädel dieser plumpen Kreatur wird eine solche Intelligenz stecken, wie sie sich nicht einmal van Manderpootz - ich sollte sagen, wie nur van Manderpootz - vorstellen kann. Es bleibt nur noch, meinen Idealisator zu konstruieren."

"Ihren Idealisator?"

"Gewiss. Habe ich nicht gerade bewiesen, dass Gedanken so real sind wie Materie, Energie, Zeit oder Raum? Habe ich nicht gerade bewiesen, dass das eine durch das Kosmon in das andere verwandelt werden kann? Mein Idealisator ist das Mittel, um Psychonen in Quanten zu verwandeln, so wie z.B. eine Crookes-Röhre oder eine Röntgenröhre Materie in Elektronen verwandelt. Ich werde die Gedanken sichtbar machen! Und zwar nicht die Gedanken, wie sie in deinem gefühllosen Gehirn sind, sondern in idealer Form. Verstehst du? Die Psychonen deines Geistes sind dieselben wie die jedes anderen Geistes, so wie alle Elektronen identisch sind, ob sie nun aus Gold oder Eisen sind. Ja! Deine Psychonen" - seine Stimme zitterte - "sind identisch mit denen des Geistes von van Manderpootz!" Er hielt inne, erschüttert.

"Tatsächlich?" keuchte ich.

"Eigentlich. Weniger in der Anzahl, natürlich, aber identisch. Deshalb zeigt mein Idealisator deine Gedanken, befreit von dem Eindruck deiner Persönlichkeit. Er zeigt es - ideal!"

Nun, ich kam wieder zu spät ins Büro.

* * * * *

Eine Woche später dachte ich an van Manderpootz. Tips war irgendwo auf Tour, und ich traute mich nicht, mit jemand anderem auszugehen, weil ich es schon einmal versucht und sie davon gehört hatte. Da ich also nichts tun konnte, schaute ich schließlich im Quartier des Professors vorbei, stellte fest, dass er abwesend war, und fand ihn schließlich in seinem Labor im Physikgebäude. Er hantierte an dem Tisch herum, auf dem einst sein verdammter Konjunktivator stand, aber jetzt trug er ein unbeschreibliches Durcheinander von Schläuchen und verworrenen Drähten und als auffälligstes Merkmal einen kreisrunden, ebenen Spiegel, auf dem ein Gitter aus fein geätzten Linien eingraviert war.

"Guten Abend, Dixon", grummelte er.

Ich erwiderte seine Begrüßung. "Was ist das?", fragte ich.

"Mein Idealisator. Ein grobes Modell, viel zu klobig, um in Isaaks Eisenschädel zu passen. Ich stelle es nur fertig, um es auszuprobieren." Er richtete seine glitzernden blauen Augen auf mich. "Welch ein Glück, dass du hier bist. Es erspart der Welt ein schreckliches Risiko."

"Ein Risiko?"

"Ja. Es ist offensichtlich, dass eine zu lange Nutzung des Geräts zu viele Psychonen extrahiert und den Geist des Subjekts in einer Art schwachsinnigem Zustand belässt. Ich war kurz davor, das Risiko einzugehen, aber jetzt sehe ich, dass es der Welt gegenüber unfair wäre, den Geist von van Manderpootz zu gefährden. Aber du bist zur Stelle, und du wirst es sehr gut machen."

"Oh, nein, das werde ich nicht!"

"Komm, komm!", sagte er und runzelte die Stirn. "Die Gefahr ist vernachlässigbar. Ich bezweifle sogar, dass das Gerät in der Lage sein wird, irgendwelche Psychonen aus deinem Geist zu extrahieren. Auf jeden Fall wirst du für einen Zeitraum von mindestens einer halben Stunde vollkommen sicher sein. Ich, mit einem weitaus produktiveren Verstand, könnte der Belastung zweifellos unbegrenzt standhalten, aber meine Verantwortung für die Welt ist zu groß, um es zu riskieren, bis ich die Maschine an jemand anderem getestet habe. Du solltest stolz auf diese Ehre sein."

"Nun, das bin ich nicht!" Aber mein Protest fiel schwach aus, und schließlich wusste ich, dass van Manderpootz mich trotz seines überheblichen Auftretens mochte, und ich war mir sicher, dass er mich keiner wirklichen Gefahr ausgesetzt hätte. Schließlich fand ich mich vor dem Tisch mit Blick auf den geätzten Spiegel sitzend wieder.

"Lege dein Gesicht gegen den Zylinder", erklärte van Manderpootz und deutete auf eine ofenrohrartige Röhre. "Das dient nur dazu, fremde Blicke abzuschneiden, sodass du nur den Spiegel sehen kannst. Nur zu, sage ich! Das ist nicht mehr als der Korpus eines Fernrohrs oder Mikroskops."

Ich willigte ein. "Und was jetzt?", fragte ich.

"Was siehst du?"

"Mein eigenes Gesicht im Spiegel."

"Natürlich. Jetzt bringe ich den Spiegel zum Rotieren." Es gab ein leises Surren, und der Spiegel drehte sich gleichmäßig, immer noch mit einem nur leicht verschwommenen Bild von mir selbst. "Jetzt musst du zuhören", fuhr van Manderpootz fort. "Du sollst Folgendes tun. Du wirst an ein allgemeines Substantiv denken. Haus', zum Beispiel. Wenn du an ein Haus denkst, wirst du nicht ein einzelnes Haus sehen, sondern dein ideales Haus, das Haus all deiner Träume und Wünsche. Wenn du an ein Pferd denkst, wirst du das sehen, was sich dein Geist als das perfekte Pferd vorstellt, ein solches Pferd, wie es Traum und Sehnsucht erschaffen. Hast du das verstanden? Hast du ein Topic gewählt?"

"Ja." Immerhin war ich erst achtundzwanzig; das Substantiv, das ich gewählt hatte, war - Mädchen.

"Gut", sagte der Professor. "Ich schalte den Strom ein."

Es gab ein blaues Strahlen hinter dem Spiegel. Mein eigenes Gesicht starrte immer noch von der sich drehenden Oberfläche zu mir zurück, aber dahinter formte sich etwas, baute sich auf, wuchs. Ich blinzelte; als ich meine Augen wieder fokussierte, war es - sie war - da.

Mein Gott! Ich kann nicht anfangen, sie zu beschreiben. Ich weiß nicht einmal, ob ich sie beim ersten Mal deutlich gesehen habe. Es war, als würde ich in eine andere Welt schauen und die Verkörperung aller Sehnsüchte, Träume, Bestrebungen und Ideale sehen. Es war ein so ergreifendes Gefühl, dass es die Grenze zum Schmerz überschritt. Es war - nun ja, exquisite Folter oder quälende Freude. Es war gleichzeitig unerträglich und unwiderstehlich.

Aber ich starrte es an. Ich musste es tun. Die unfassbar schönen Züge kamen mir irgendwie bekannt vor. Ich hatte das Gesicht schon mal gesehen - irgendwo - irgendwann. In Träumen? Nein; ich erkannte plötzlich, worin die Quelle dieser Vertrautheit bestand. Dies war keine lebende Frau, sondern eine Synthese. Ihre Nase glich der winzigen, frechen von Whimsy White in ihrem schönsten Moment; ihre Lippen glichen der perfekten Wölbung von Tips Alva; ihre silbernen Augen und ihr dunkles Samthaar entsprachen denen von Joan Caldwell. Aber das Aggregat, die Gesamtsumme, das Gesicht im Spiegel - das war nichts von alledem; es war ein Gesicht, das unmöglich, unglaublich, unverschämt schön aussah.

Nur ihr Gesicht und ihr Hals waren sichtbar, und die Züge wirkten kühl, ausdruckslos und still wie eine Schnitzerei. Ich fragte mich plötzlich, ob sie lächeln konnte, und bei dem Gedanken tat sie es. Wenn sie vorher schön gewesen war, flammte ihre Schönheit jetzt in einem solchen Maße auf, dass es - nun ja, unverschämt war; es war ein Affront, so schön zu sein; es war beleidigend. Ich fühlte eine wilde Woge der Wut, dass das Bild vor mir mit solcher Schönheit prahlen sollte und doch - nicht existent war! Es handelte sich um Täuschung, um Betrug, um ein Versprechen, das niemals erfüllt werden konnte.

Die Wut erstarb in den Tiefen dieser Faszination. Ich fragte mich, wie der Rest von ihr aussah, und augenblicklich wich sie anmutig zurück, bis ich ihre volle Gestalt sehen konnte. Ich muss im Grunde meines Herzens prüde sein, denn sie trug nicht die übliche ausgeschnittene Bluse und die Shorts dieses Jahres, sondern ein schillerndes vierteiliges Kostüm, das ihre zierlichen Knie fast verbarg. Aber ihre

Gestalt wirkte schlank und aufrecht wie eine Säule aus Zigarettenrauch in stiller Luft, und ich wusste, dass sie tanzen konnte wie ein Nebelfragment auf dem Wasser. Und mit diesem Gedanken bewegte sie sich, ließ sich in einen tiefen Knicks fallen und schaute mit der kleinstmöglichen Röte auf, die die Kurve ihres Halses umspielte. Ja, ich muss im Grunde meines Herzens prüde sein; trotz Tips Alva und Whimsey White und dem Rest, blieb mein Ideal bescheiden.

Es schien mir unglaublich, dass der Spiegel einfach meine Gedanken wiedergab. Sie schien so real zu sein wie ich, und das war sie wohl auch. So real wie ich selbst, nicht mehr und nicht weniger, denn sie ist Teil meines eigenen Geistes. Und in diesem Moment wurde mir bewusst, dass van Manderpootz mich schüttelte und anbrüllte: "Deine Zeit ist um. Komm da raus! Deine halbe Stunde ist um!"

"O-o-o-o-o-oh!" Ich stöhnte.

"Wie fühlst du dich?", schnauzte er.

"Fühlen? Ganz gut - körperlich." Ich sah auf.

Besorgnis flackerte in seinen blauen Augen auf. "Was ist die Kubikwurzel aus 4913?", knisterte er scharf.

Ich konnte schon immer gut mit Zahlen umgehen. "Es ist - äh - 17", gab ich dumpf zurück. "Warum zum Teufel ..."

"Du bist geistig in Ordnung", verkündete er. "Nun - warum hast du eine halbe Stunde lang wie ein Dummkopf dagesessen? Mein Idealisator muss gewirkt haben, wie es sich für eine Schöpfung von van Manderpootz gehört, aber woran hast du gedacht?"

"Ich dachte - ich dachte an 'Mädchen'", stöhnte ich.

Er schnaubte. "Hah! Das hast du, du Idiot! 'Haus' oder 'Pferd' war wohl nicht gut genug; du musstest etwas mit emotionalen Konnotationen wählen. Nun, du kannst gleich damit anfangen, sie zu vergessen, denn sie existiert nicht."

Ich konnte die Hoffnung nicht so einfach aufgeben. "Aber können Sie nicht - können Sie nicht -" Ich wusste nicht einmal, was ich fragen wollte.

"Van Manderpootz", verkündete er, "ist ein Mathematiker, kein Zauberer. Erwartest du, dass ich für dich ein Ideal materialisiere?" Als ich außer einem Stöhnen keine Antwort gab, fuhr er fort. "Jetzt halte ich es für sicher genug, das Gerät selbst auszuprobieren. Ich werde - sehen wir mal - den Gedanken 'Mensch' nehmen. Ich werde sehen, wie der Übermensch aussieht, denn das Ideal von van Manderpootz kann nichts weniger als der Übermensch sein." Er setzte sich. " Lege den Schalter um", befahl er. "Jetzt!"

Ich tat es. Die Röhren glühten in schwachem blauen Licht. Ich schaute stumpfsinnig und desinteressiert zu; nach diesem Bild des Ideals hatte nichts mehr eine Anziehungskraft auf mich.

"Huh!", rief van Manderpootz plötzlich. "Anmachen, sage ich! Ich sehe nichts als mein eigenes Spiegelbild."

Ich starrte vor mich hin, dann brach ich in ein hohles Lachen aus. Der Spiegel drehte sich; die Röhrenbänke glühten; das Gerät funktionierte.

Van Manderpootz hob sein Gesicht, ein wenig röter als sonst. Ich lachte halb hysterisch. "Immerhin", erklärte er gereizt, "könnte man ein niedrigeres Ideal vom Menschen haben als van Manderpootz. Ich sehe nichts, was auch nur annähernd so humorvoll ist wie deine eigene Situation."

Das Lachen erstarb. Ich ging mies gelaunt nach Hause, verbrachte die halbe restliche Nacht in mürrischer Kontemplation, rauchte fast zwei Packungen Zigaretten und kam am nächsten Tag gar nicht erst ins Büro.

* * * * *

Tips Alva kam für eine Wochenendsendung in die Stadt zurück, aber ich machte mir nicht einmal die Mühe, sie zu sehen, rief sie nur an und sagte ihr, ich sei krank. Ich schätze, mein Gesicht verlieh der Geschichte Glaubwürdigkeit, denn sie war entsprechend mitfühlend, und ihr Gesicht auf dem Telefondisplay sah ziemlich besorgt aus. Selbst dabei konnte ich meine Augen nicht von ihren Lippen abwenden, denn abgesehen von einem etwas zu glänzenden Make-up waren es die Lippen des Ideals. Aber sie waren nicht genug; sie waren einfach nicht genug.

Der alte N.J. begann sich wieder zu sorgen. Ich konnte morgens nicht mehr ausschlafen, und nachdem ich den einen Tag gefehlt hatte, kam ich immer früher zur Arbeit, bis ich eines Morgens nur zehn Minuten zu spät war. Er rief mich sofort zu sich.

"Hör zu, Dixon", sagte er. "Warst du in letzter Zeit bei einem Arzt?"

"Ich bin nicht krank", antwortete ich lustlos.

"Dann musst du das Mädchen um Himmels willen heiraten! Es ist mir egal, in welchen Chor sie tanzt, nimm sie zur Frau und verhalte dich wieder wie ein menschliches Wesen."

"Das kann ich nicht."

"Oh. Ist sie schon verheiratet, ja?"

Nun, ich konnte ihm nicht sagen, dass sie nicht existierte. Ich konnte nicht sagen, dass ich in eine Vision verliebt war, einen Traum, ein Ideal. Er hielt mich sowieso für ein bisschen verrückt, also murmelte ich nur "Ja" und widersprach nicht, als er schroff sagte: "Dann kommst du drüber weg. Nimm einen Urlaub. Nimm zwei Urlaube. Das könntest du auch tun, wo du doch hier nicht so oft auftauchst."

Ich verließ New York nicht; mir fehlte die Energie. Ich trieb mich einfach eine Weile in der Stadt herum, mied meine Freunde und träumte von der unmöglichen Schönheit des

Gesichts im Spiegel. Und nach und nach wurde die Sehnsucht, dieses Bild der Perfektion noch einmal zu sehen, übermächtig. Ich glaube nicht, dass irgendjemand außer mir die Verlockung dieser Erinnerung verstehen kann; das Gesicht, sehen Sie, war mein Ideal gewesen, meine Vorstellung von Vollkommenheit. Man sieht hier und da in der Welt schöne Frauen; man verliebt sich - aber immer, egal wie groß ihre Schönheit oder wie tief die Liebe ist, bleiben sie in irgendeinem Grad hinter der geheimen Vision des Ideals zurück. Aber nicht das gespiegelte Gesicht; sie war mein Ideal, und deshalb, welche Unvollkommenheiten sie in den Augen anderer auch gehabt haben mochte, in meinen Augen hatte sie keine. Keine, das heißt, außer dem schrecklichen, nur ein Ideal zu sein und daher unerreichbar - aber das ist ein Fehler, der jeder Vollkommenheit innewohnt.

Es dauerte nur wenige Tage, bis ich nachgab. Der gesunde Menschenverstand sagte mir, dass es sinnlos, ja sogar töricht sei, noch einmal auf die Vision der perfekten Begehrlichkeit zu blicken. Ich kämpfte gegen den Drang an, aber ich kämpfte hoffnungslos und war nicht im Geringsten überrascht, als ich eines Abends an van Manderpootz' Tür im Universitätsklub klopfte. Er war nicht da; ich hatte gehofft, dass er nicht da sein würde, denn das gab mir einen Vorwand, ihn in seinem Labor im Physikgebäude aufzusuchen, in das ich ihn ohnehin geschleppt hätte.

Dort fand ich ihn, wie er irgendeine Art von Notizen auf den Tisch schrieb, auf dem der Idealisator stand. "Hallo, Dixon", sagte er. "Ist dir jemals in den Sinn gekommen, dass es die ideale Universität nicht geben kann? Natürlich nicht, da sie aus perfekten Studenten und perfekten Lehrern bestehen müsste, in welchem Falle die Ersteren nichts zu lernen und die Letzteren folglich nichts zu lehren hätten."

Welches Interesse hatte ich an der perfekten Universität und ihrer Unfähigkeit zu existieren? Mein ganzes Wesen war verzweifelt über die Nichtexistenz eines anderen Ideals. "Herr Professor", sagte ich angespannt, "darf ich das - das Ding von Ihnen noch einmal benutzen? Ich möchte etwas sehen."

Meine Stimme muss die Situation verraten haben, denn van Manderpootz schaute scharf auf. "So!", schnauzte er. "Du hast also meinen Rat missachtet! Vergiss sie, sagte ich. Vergiss sie, denn es gibt sie nicht."

"Aber ich kann nicht! Noch einmal, Professor - nur noch einmal!"

Er zuckte mit den Schultern, aber seine blauen, metallischen Augen waren ein wenig weicher als sonst. Immerhin, aus irgendeinem unerklärlichen Grund mochte er mich. "Nun, Dixon", sagte er, " du bist volljährig und solltest von reifer Intelligenz sein. Ich sage dir, dass dies eine sehr dumme Bitte ist, und van Manderpootz weiß immer, wovon er spricht. Wenn du dich mit dem Opium der unmöglichen Träume betäuben willst, nur zu. Das ist die letzte Chance, die du hast, denn morgen geht der Idealisator von van Manderpootz in den Speckkopf von Isaak dort. Ich werde die Oszillatoren so verschieben, dass die Psychonen, statt zu Lichtquanten zu werden, als Elektronenstrom entstehen - ein Strom, der Isaaks Stimmapparat betätigen und als Sprache herauskommen wird." Er hielt nachdenklich inne. "Van Manderpootz wird die Stimme des Ideals hervorbringen. Natürlich kann Isaak nur das zurückgeben, was er vom Gehirn des Operators empfängt, aber genau wie das Bild im Spiegel werden die Gedanken ihren menschlichen Eindruck verloren haben, und die Worte werden die eines Ideals sein." Er merkte, dass ich nicht zuhörte, nehme ich an. "Nur zu, du Schwachkopf", grunzte er.

Ich tat es. Die Herrlichkeit, nach der ich mich sehnte, flammte langsam auf, unglaublich schön, und irgendwie, unglaublich, noch schöner als bei jener anderen Gelegenheit. Ich weiß jetzt, warum; lange danach erklärte mir van Manderpootz, dass die Tatsache, dass ich schon einmal ein Ideal gesehen hatte, mein Ideal veränderte, es auf eine höhere Ebene hob. Mit diesem Gesicht in meiner Erinnerung war meine Vorstellung von Perfektion eine andere als zuvor.

Ich starrte also und hungerte. Bereitwillig und augenblicklich antwortete das Wesen im Spiegel auf meine Gedanken mit Lächeln und Bewegung. Wenn ich an die Liebe dachte, leuchteten ihre Augen mit einer solchen Zärtlichkeit, dass es schien, als gehörte ich - ich, Dixon Wells - zu jenen Paaren, die die großen Romanzen der Welt geschaffen hatten, Heloise und Abelard, Tristram und Isolde, Aucassin und Nicolette. Es war wie ein Dolchstoß, als ich spürte, wie van Manderpootz mich schüttelte, und als ich seine schroffe Stimme hörte, die rief: "Raus da! Raus mit dir! Die Zeit ist um."

Ich stöhnte und ließ mein Gesicht auf meine Hände fallen. Der Professor hatte natürlich recht gehabt; diese wahnsinnige Wiederholung hatte eine unerfüllbare Sehnsucht nur noch verstärkt und ein schlimmes Durcheinander zehnmal so schlimm gemacht. Dann hörte ich ihn hinter mir murmeln. "Seltsam!", murmelte er. "In der Tat, fantastisch. Ödipus - der Ödipus der Zeitschriftencover und Plakatwände."

Ich sah mich stumpfsinnig um. Er stand hinter mir und blinzelte anscheinend in den sich drehenden Spiegel jenseits des Endes der schwarzen Röhre. "Hub?" Ich grunzte müde.

"Dieses Gesicht", sagte er. "Sehr seltsam. Sie müssen ihre Gesichtszüge auf hundert Zeitschriften, auf tausend Plakatwänden, auf unzähligen Fernsehsendungen' gesehen haben. Der Ödipuskomplex in einer seltsamen Form."

"Eh? Konnten Sie sie sehen?"

"Natürlich!", grunzte er. "Habe ich nicht ein Dutzend Mal gesagt, dass die Psychonen in ganz gewöhnliche Quanten des sichtbaren Lichts umgewandelt werden? Wenn du sie sehen konntest, warum nicht auch ich?"

"Aber - was ist mit den Werbetafeln und so?"

"Dieses Gesicht", sagte der Professor langsam. "Es ist natürlich etwas idealisiert, und gewisse Details sind falsch. Ihre Augen sind nicht dieses bleiche Silberblau, das du dir vorgestellt hast; sie sind grün, meergrün, smaragdfarben."

"Wovon zum Teufel", fragte ich heiser, "reden Sie da?"

"Von dem Gesicht im Spiegel. Es ist zufällig, Dixon, eine genaue Annäherung an die Züge von de Lisle d'Agrion, der Drachenfliege!"

"Sie meinen - sie ist echt? Sie existiert? Sie lebt? Sie ..."

"Warte einen Moment, Dixon. Sie ist real, aber du kommst etwas zu spät, wie es deine Gewohnheit ist. Etwa fünfundzwanzig Jahre zu spät, würde ich sagen. Sie muss jetzt irgendwo in den Fünfzigern sein - mal sehen - dreiundfünfzig, denke ich. Aber in deiner frühen Kindheit musst du ihr Gesicht überall gesehen haben, de Lisle d'Agrion, die Drachenfliege."

Ich konnte nur schlucken. Dieser Schlag war niederschmetternd.

"Du siehst", fuhr van Manderpootz fort, "die Ideale werden einem sehr früh eingepflanzt. Deshalb verliebst du dich immer wieder in Mädchen, die das eine oder andere Merkmal besitzen, das dich an sie erinnert, ihr Haar, ihre Nase, ihr Mund, ihre Augen. Ganz einfach, aber ziemlich kurios."

"Kurios!" Ich strahlte. "Kurios sagen Sie! Jedes Mal, wenn ich in eine Ihrer verdammten Vorrichtungen schaue, finde ich mich in einen

Mythos verliebt! Ein Mädchen, das tot ist, oder verheiratet, oder unwirklich, oder in eine alte Frau verwandelt! Seltsam, was? Verdammt komisch, oder?"

"Einen Moment", erwiderte der Professor beschwichtigend. "Es ist so, Dixon, dass sie eine Tochter hat. Mehr noch, Denise ähnelt ihrer Mutter. Und was noch mehr ist, sie kommt nächste Woche in New York an, um hier an der Universität amerikanische Literatur zu studieren. Sie schreibt, verstehst du."

Das war zu viel, um es sofort zu verstehen. "Woher - woher wissen Sie das?" Ich schnappte nach Luft.

Es war eines der wenigen Male, dass ich die kolossale Fadheit von van Manderpootz aufgewühlt gesehen habe. Er errötete ein wenig und sagte langsam: "Es ist auch so, Dixon, dass vor vielen Jahren in Amsterdam Haskel van Manderpootz: und de Lisle d'Agrion sehr freundschaftlich miteinander umgingen - mehr als freundschaftlich, würde ich sagen, wenn da nicht die Tatsache wäre, dass zwei so mächtige Persönlichkeiten wie die Libelle und van Manderpootz immer im Streit lagen." Er runzelte die Stirn. "Ich war fast ihr zweiter Ehemann. Sie hat sieben gehabt, glaube ich; Denise ist die Tochter ihres Dritten."

"Warum - warum kommt sie hierher?"

"Weil", erklärte er würdevoll, "van Manderpootz hier ist. Ich bin immer noch ein Freund von de Lisle." Er drehte sich um und beugte sich über das komplexe Gerät auf dem Tisch. "Gib mir den Schraubenschlüssel", befahl er. "Heute Abend baue ich das auseinander, und morgen beginne ich damit, es für Isaaks Kopf wieder aufzubauen."

Doch als ich in der darauffolgenden Woche eifrig in van Manderpootz' Laboratorium zurückkehrte, war der Idealisator noch an seinem Platz. Der Professor begrüßte mich mit einer humorvollen Verrenkung dessen, was von seinem bärtigen Mund zu sehen war. "Ja, er ist noch da", sagte er und gestikulierte zum Gerät. "Ich habe beschlossen, ein ganz Neues für Isaak zu bauen, und außerdem hat mir dieses hier viel Vergnügen bereitet. Außerdem, um es mit den Worten von Oscar Wilde zu sagen, wer bin ich, dass ich mich an einem Werk des Genies zu schaffen mache. Immerhin ist der Mechanismus das Produkt des großen van Manderpootz."

Er hat mich absichtlich gereizt. Er wusste, dass ich nicht gekommen war, um ihn über Isaak oder gar über den unvergleichlichen van Manderpootz reden zu hören. Dann lächelte er, wurde weicher und wandte sich dem kleinen inneren Büro nebenan zu, dem Raum, in dem Isaak in metallischer Strenge stand. "Denise!", rief er. "Komm her."

Ich weiß nicht genau, was ich erwartet hatte, aber ich weiß, dass es mir den Atem verschlug, als das Mädchen eintrat. Sie entsprach natürlich nicht ganz meinem Idealbild; sie war vielleicht ein klein wenig schlanker, und ihre Augen - nun, sie müssen denen von de Lisle d'Agrion sehr ähnlich gewesen sein, denn sie waren der klarste Smaragd, den ich je gesehen habe. Es waren unverschämt direkte Augen, und ich konnte mir vorstellen, warum van Manderpootz und die Drachenfliege ewig im Streit lagen; das war leicht vorstellbar, wenn man in die Augen der Tochter der Drachenfliege sah.

Auch Denise war offenbar nicht ganz so weiblich bescheiden, wie mein Bild von Perfektion. Sie trug das extrem unauffällige Kostüm der damaligen Zeit, das, wie ich vermute, ungefähr soviel von ihr verdeckte wie einer der einteiligen Badeanzüge der mittleren Jahre des Zwanzigsten Jahrhunderts. Sie vermittelte einen Eindruck, nicht so sehr von flüchtiger Anmut, sondern von Geschmeidigkeit und geschmeidiger Kraft, von Unabhängigkeit, Offenheit und - ich sage es noch einmal - Unverschämtheit.

"Nun!", stellte sie kühl fest, als van Manderpootz mich vorstellte. "Sie sind also der Spross der N.J. Wells Corporation. Ab und zu beleben Ihre Eskapaden die Pariser Sonntagsbeilagen. Waren Sie es nicht, der eine Million Dollar auf dem Markt abgeräumt hat, damit Sie an Whimsy White herankommen können?"

Ich beeilte mich. "Das war stark übertrieben", erklärte ich hastig, "und außerdem habe ich es wieder verloren, bevor wir - äh - bevor ich -"

"Nicht bevor Sie sich ein bisschen lächerlich gemacht haben, glaube ich", beendete sie süß.

Nun, so war sie eben. Wäre sie nicht so höllisch hübsch gewesen, hätte sie nicht so sehr wie das Gesicht im Spiegel ausgesehen, wäre ich ausgerastet, hätte gesagt: "Schön, Sie kennengelernt zu haben", und hätte sie nie wieder gesehen. Aber ich konnte nicht wütend werden, nicht wenn sie das dunkle Haar, die perfekten Lippen, die freche Nase des Wesens hatte, das für mich ideal war.

Also sah ich sie wieder, und zwar mehrere Male. Tatsächlich nahm ich wohl die meiste Zeit in Anspruch zwischen den wenigen Literaturkursen, die sie belegte, und nach und nach begann ich zu erkennen, dass sie in anderer Hinsicht als dem Körperlichen nicht so weit von meinem Ideal entfernt war. Hinter ihrer Frechheit verbarg sich Ehrlichkeit und Offenheit und, trotz ihrer selbst, Süße, sodass ich mich, selbst wenn man den Vorsprung berücksichtigt, den ich hatte, ziemlich schnell verliebte. Und außerdem wusste ich, dass sie anfing, die Gefühle zu erwidern.

Das war die Situation, als ich sie eines Mittags abholte und mit ihr zu van Manderpootz' Labor ging. Wir wollten mit ihm im University Club zu Mittag essen, aber wir fanden ihn damit beschäftigt, irgendein Experiment in dem großen Labor jenseits seines persönlichen zu leiten, um irgendeinen Schlamassel zu entwir-

ren, in den seine Mitarbeiter hineingestolpert waren. Also wanderten Denise und ich zurück in den kleineren Raum, vollkommen zufrieden damit, zusammen allein zu sein. Ich konnte in ihrer Gegenwart einfach keinen Hunger verspüren; allein das Gespräch mit ihr war genug Ersatz für Essen.

"Ich werde ein guter Schriftsteller sein", sagte sie nachdenklich. "Eines Tages, Dick, werde ich berühmt sein."

Nun, jeder weiß, wie richtig diese Vorhersage war. Ich stimmte ihr sofort zu.

Sie lächelte. "Du bist nett, Dick", sagte sie. "Sehr nett."

"Sehr?"

"Sehr!", betonte sie. Dann wanderten ihre grünen Augen zu dem Tisch, auf dem der Idealisator stand. "Was ist das denn für ein hirnrissiger Apparat von Onkel Haskel?", fragte sie.

Ich erklärte es ihr, etwas ungenau, fürchte ich, aber kein normaler Ingenieur kann die Verzweigungen einer van Manderpootz-Konzeption nachvollziehen. Trotzdem verstand Denise das Wesentliche und ihre Augen glühten smaragdgrün.

"Es ist faszinierend!", rief sie aus. Sie erhob sich und ging zum Tisch hinüber. "Ich werde es ausprobieren."

"Nicht ohne den Professor, das wirst du nicht! Es könnte gefährlich sein."

Das war das Falsche, was ich sagte. Die grünen Augen leuchteten heller, als sie mir einen launischen Blick zuwarf. "Aber ich bin es", sagte sie. "Dick, ich will meinem idealen Mann sehen!" Sie lachte leise.

Ich hatte Panik. Was, wenn ihr Idealmann groß und dunkel und kräftig wäre, statt klein und sandfarben und ein bisschen - nun ja, pummelig, wie ich es bin. "Nein!", rief ich vehement. "Das werde ich nicht zulassen!"

Sie lachte wieder. Ich nehme an, sie las meine Bestürzung, denn sie erwiderte leise: "Sei nicht albern, Dick." Sie setzte sich hin, legte ihr Gesicht an die Öffnung des Zylinders und befahl: "Schalte es ein."

Ich konnte ihr nicht widerstehen. Ich setzte den Spiegel in Bewegung, dann schaltete ich die Röhrenbank ein. Sofort trat ich hinter sie und blinzelte in das, was von dem blinkenden Spiegel zu sehen war, wo sich ein Gesicht bildete, langsam - undeutlich.

Ich freute mich. Sicherlich war das Haar des Bildes sandfarben. Ich glaubte jetzt sogar, eine Ähnlichkeit mit meinen eigenen Gesichtszügen ausmachen zu können. Vielleicht spürte Denise etwas Ähnliches, denn sie zog plötzlich ihre Augen von der Röhre zurück und sah mit einer für sie höchst ungewöhnlichen, leicht verlegenen Röte auf.

"Ideale sind langweilig!", sagte sie. "Ich will einen echten Nervenkitzel. Weißt du, was ich sehen möchte? Ich werde mir den idealen Horror vorstellen. Das ist es, was ich tun werde. Ich werde den absoluten Horror sehen!"

"Oh, nein, das wirst du nicht!" keuchte ich. "Das ist eine furchtbar gefährliche Idee." Aus dem anderen Zimmer hörte ich die Stimme von van Manderpootz: "Dixon!"

"Gefährlich - Quatsch!", erwiderte Denise. "Ich bin eine Schriftstellerin, Dick. Alles, was das für mich bedeutet, ist Material. Es ist nur eine Erfahrung, und ich will sie haben."

Van Manderpootz wieder. "Dixon! Dixon! Herkommen." Ich sagte: "Hör zu, Denise. Ich bin gleich wieder da. Mach keine Dummheiten, bis ich hier bin. Bitte!"

Ich stürmte in das große Labor. Van Manderpootz stand einer eingeschüchterten Gruppe von Assistenten gegenüber, die offensichtlich große Ehrfurcht vor dem großen Mann hatten.

"Hah, Dixon!", röchelte er. "Erkläre diesen Narren, was ein Emmerich-Ventil ist und warum es nicht in einem freien elektronischen Strom funktioniert. "Zeig ihnen, dass selbst ein gewöhnlicher Ingenieur das weiß."

Nun, ein gewöhnlicher Ingenieur weiß das nicht, aber ich schon. Nicht, dass ich als Ingenieur besonders außergewöhnlich wäre, aber ich wusste das zufällig, weil ich ein oder zwei Jahre zuvor an den großen Gezeitenturbinen oben in Maine gearbeitet hatte, wo sie Emmerich-Ventile verwenden müssen, um sich gegen elektrische Lecks durch die enormen Potenziale in ihren Kondensatoren zu schützen. Ich fing also an zu erklären, und van Manderpootz warf immer wieder sarkastische Bemerkungen über seine Mitarbeiter ein, und als ich endlich fertig war, war ich wohl schon eine halbe Stunde da drin. Und dann erinnerte ich mich an Denise!

Ich ließ van Manderpootz erstaunt stehen, als ich zurückeilte, und tatsächlich, da saß das Mädchen mit dem Gesicht an den Zylinder gepresst und mit den Händen die Tischkante umklammernd. Ihre Gesichtszüge blieben natürlich verborgen, aber da gab es etwas an ihrer angespannten Haltung, ihren weißen Knöcheln -

"Denise!", rief ich. "Bist du in Ordnung? Denise!"

Sie bewegte sich nicht. Ich steckte mein Gesicht zwischen den Spiegel und das Ende des Zylinders und spähte durch das Rohr auf ihr Gesicht, und was ich sah, machte mich fast fassungslos. Haben Sie jemals den blanken, wahnsinnigen, unendlichen Terror in einem menschlichen Gesicht gesehen? Das war es, was ich in Denise's sah - unaussprechliches, unerträgliches Entsetzen, schlimmer als die Angst vor dem Tod jemals sein könnte. Ihre grünen Augen waren weit aufgerissen, sodass man das Weiße um sie herum sehen konnte; ihre perfekten Lippen verzogen sich, ihr ganzes Gesicht verzerrte sich zu einer Maske des puren Schreckens.

Ich eilte zum Schalter, aber im Vorbeigehen erhaschte ich einen einzigen Blick auf das, was sich im Spiegel zeigte. Unglaublich! Obszöne, Angst einflößende, entsetzliche Dinge - es gibt einfach keine Worte für sie. Es gibt keine Worte.

Denise bewegte sich nicht, als sich die Röhren verdunkelten. Ich hob ihr Gesicht von dem Zylinder, und als sie mich erblickte, rührte sie sich. Sie sprang aus dem Stuhl und weg, sah mich mit so wahnsinnigem Entsetzen an, dass ich stehen blieb.

"Denise!", rief ich. "Es ist nur Dick. Schau, Denise!"

Aber als ich mich auf sie zubewegte, stieß sie einen erstickten Schrei aus, ihre Augen wurden trüb, ihre Knie gaben nach, und sie fiel in Ohnmacht. Was auch immer sie gesehen hatte, es muss entsetzlich gewesen sein, denn Denise war nicht die Art, die in Ohnmacht fällt.

* * * * *

Eine Woche später saß ich van Manderpootz in seinem kleinen inneren Büro gegenüber. Die graue Metallfigur von Isaak fehlte, und der Tisch, auf dem der Idealisator gestanden hatte, war leer.

"Ja", sagte van Manderpootz. "Ich habe ihn demontiert. Einer von van Manderpootz' wenigen Fehlern war es, ihn dort stehen zu lassen, wo ein paar Inkompetente wie Sie und Denise an ihn herankommen konnten. Es scheint, dass ich die Intelligenz anderer ständig überschätze. Ich neige wohl dazu, sie nach dem Gehirn von van Manderpootz zu beurteilen."

Ich sagte nichts. Ich fühlte mich durch und durch entmutigt und deprimiert, und was immer der Professor über meinen Mangel an Intelligenz behauptete, ich empfand es als gerechtfertigt.

"Nachher", fuhr van Manderpootz fort, "werde ich niemandem außer mir selbst Intelli-genz zuschreiben und werde zweifellos viel näher an der Wahrheit sein." Er winkte mit der Hand auf Isaaks leere Ecke. "Nicht einmal den Kopf von Bacon", fuhr er fort. "Ich habe dieses Projekt aufgegeben, denn wozu braucht die Welt ein künstliches Gehirn, wenn sie doch schon das von van Manderpootz hat?"

"Professor", platzte ich plötzlich heraus, "warum lassen sie mich nicht zu Denise? Ich war jeden Tag im Krankenhaus, und sie haben mich nur ein einziges Mal in ihr Zimmer gelassen - nur ein einziges Mal, und da ist sie sofort in einen Anfall von Hysterie verfallen. Warum nur? Ist sie -?" Ich schluckte.

"Sie erholt sich gut, Dixon."

"Warum kann ich sie dann nicht sehen?"

"Nun", sagte van Manderpootz beschwichtigend, "es ist folgendermaßen. Weißt du, als du dort ins Labor gestürmt bist, hast du den Fehler gemacht, dein Gesicht vor den Zylinder zu schieben. Sie sah deine Gesichtszüge inmitten all der Schrecken, die sie herbeigerufen hatte. Verstehst du? Von da an war dein Gesicht in ihrem Kopf mit dem ganzen Höllengebräu im Spiegel verbunden. Sie kann dich nicht einmal mehr ansehen, ohne all das wieder zu sehen."

"Großer Gott!", keuchte ich. "Aber sie wird darüber hinwegkommen, nicht wahr? Sie wird diesen Teil vergessen?"

"Der junge Psychiater, der sie betreut - übrigens ein kluger Kopf mit einigen meiner eigenen Ideen - glaubt, dass sie in ein paar Monaten darüber hinweg sein wird. Aber ich persönlich, Dixon, glaube nicht, dass sie den Anblick deines Gesichts jemals begrüßen wird, obwohl ich selbst schon hässlichere Visagen gesehen habe."

Das ignorierte ich. "Gott!" Ich stöhnte auf. "Was für ein Durcheinander!" Ich erhob mich, um aufzubrechen, und dann - da wusste ich, was Inspiration bedeutet! "Hören Sie!", sagte ich und drehte mich um. "Hören Sie, Professor, warum können Sie sie nicht hierher zurückholen und sie das ideal Schöne visualisieren lassen? Und dann stecke ich mein Gesicht da hinein!" Die Begeisterung wuchs. "Es kann nicht scheitern!" Ich rief. "Schlimmstenfalls wird es die andere Erinnerung auslöschen. Es ist wundervoll!"

"Aber wie immer", sagte van Manderpootz, "ein bisschen spät."

"Zu spät? Warum eigentlich? Sie können Ihren Idealisator wieder aufstellen. Das würden Sie doch tun, oder?"

"Van Manderpootz", bemerkte er, "ist die eigentliche Seele der Großzügigkeit. Ich würde es gerne tun, aber es ist trotzdem ein bisschen spät, Dixon. Sie heiratete heute Mittag den klugen jungen Psychiater."

Ich bin heute Abend mit Tips Alva verabredet und werde zu spät kommen, so spät wie ich will. Und dann werde ich den ganzen Abend nichts anderes tun, als auf ihre Lippen zu starren.

ENDE

Die Frauen des Waldes

Von Abraham Merritt[2]

Vor McKay erschien die Frau mit den seltsamen Augen und dem Gesicht von elfenhafter Schönheit. Einen Moment lang betrachtete er die schlanken Schultern, die festen, kleinen, spitzen Brüste, die weidenartige Geschmeidigkeit ihres Körpers. Vom Hals bis zu den Knien bedeckte sie ein Gewand, durchsichtig und seidig und zart, als wäre es aus Spinnweben gesponnen; ihr Körper schimmerte hindurch, als würde das Feuer des jungen Frühlingsmondes in ihren Adern fließen.

2 Originaltitel *"The women of the Wood"* veröffentlicht in Weird Tales, August 1926

MCKAY saß auf dem Balkon des kleinen Gasthauses, das wie ein brauner Gnom zwischen den Kiefern am Ostufer des Sees hervorlugte.

Es war ein kleiner und einsamer See hoch oben in den Vogesen; und doch ist einsam nicht gerade das Wort, mit dem man seine Stimmung bezeichnen könnte; vielmehr war er abgelegen, zurückgezogen. Die Berge kamen auf jeder Seite herunter und bildeten eine große, von Bäumen gesäumte Schale, die, als McKay sie zum ersten Mal sah, mit dem sanften Wein des Friedens gefüllt zu sein schien.

McKay hatte die Wing-Abzeichen im Weltkrieg mit Ehre getragen, flog zuerst mit den Franzosen und später mit den Truppen seines eigenen Landes. Und wie ein Vogel die Bäume liebt, so liebte McKay sie. Für ihn waren sie nicht nur Stämme und Wurzeln, Äste und Blätter; für ihn waren sie Persönlichkeiten. Er war sich der Unterschiede im Charakter selbst unter den gleichen Arten sehr bewusst - diese Kiefer war wohlwollend und fröhlich, jene streng und mönchisch; dort stand ein schwadronierender Prahler, und dort wohnte ein in grüne Meditation gehüllter Weiser; diese Birke war ein Lüstling - die Birke neben ihr war jungfräulich, ein stiller Traum.

Der Krieg hatte ihn ausgelaugt, Nerven und Gehirn und Seele. Durch all die Jahre, die seither vergangen waren, war die Wunde offengeblieben. Aber jetzt, als er mit seinem Wagen die weite grüne Senke herunterfuhr, fühlte er, wie ihr Geist nach ihm griff; wie er ihn streichelte und beruhigte und ihm Heilung versprach. Er schien wie ein fallendes Blatt durch den dichten Wald zu treiben; von den sanften Händen der Bäume gewiegt zu werden.

Er hatte bei dem kleinen Gnom eines Gasthauses Halt gemacht, und dort hatte er verweilt, Tag für Tag, Woche für Woche.

Die Bäume hatten ihn gepflegt; das leise Flüstern der Blätter, der langsame Gesang der nadeligen Kiefern hatten das widerhallende Geschrei des Krieges und seines Leids erst gedämpft, dann von ihm vertrieben. Die offene Wunde seines Geistes hatte sich unter ihrer grünen Heilung geschlossen; hatte sich geschlossen und war zur Narbe geworden; und selbst die Narbe war bedeckt und begraben worden, wie die Narben auf der Brust der Erde unter den fallenden Blättern des Herbstes bedeckt und begraben werden. Die Bäume hatten ihm grüne heilende Hände auf die Augen gelegt und die Bilder des Krieges verbannt. Er hatte Kraft aus den grünen Brüsten der Hügel gesaugt.

Doch während die Kraft zu ihm zurückfloss und Geist und Seele heilten, war McKay immer bewusster geworden, dass es an diesem Ort unruhig zuging; dass seine Ruhe nicht vollkommen war; dass es in ihm gärte und Angst herrschte.

Es schien, als hätten die Bäume gewartet, bis er selbst wieder ganz hergestellt war, bevor sie ihm ihre eigene Unruhe kundtaten. Jetzt versuchten sie, ihm etwas mitzuteilen; im Flüstern der Blätter, im nadeligen Singen der Kiefern lag eine Schrillheit wie von Besorgnis, wie von Zorn.

Und das hatte McKay im Gasthaus festgehalten - ein eindeutiges Bewusstsein der Anfechtung, das Bewusstsein, dass irgendetwas falsch lief - etwas Falsches, das er in Ordnung bringen sollte. Er spannte seine Ohren an, um Worte im raschelnden Geäst zu hören, Worte, die am Rande seines menschlichen Verständnisses zitterten.

Niemals überschritten sie diese Grenze.

Allmählich hatte er sich orientiert, hatte sich, so glaubte er, auf den Punkt der Unruhe im Tal konzentriert.

An allen Ufern des Sees gab es nur zwei Wohnstätten. Das eine war das Gasthaus, und um das Gasthaus scharten sich die Bäume schützend, vertrauensvoll, freundlich. Es war, als hätten sie es nicht nur akzeptiert, sondern zu einem Teil von sich selbst gemacht.

Nicht so verhielt es sich mit der anderen Wohnstätte. Einst ein Jagdhaus längst verstorbener Herren, stand es nun halb verfallen, verlassen da. Es befand sich auf der anderen Seite des Sees, fast genau gegenüber dem Gasthaus und eine halbe Meile vom Ufer entfernt am Hang. Einst hatte es ringsum saftige Felder und einen schönen Obstgarten gegeben.

Der Wald war über sie hergefallen. Hier und da in den Feldern standen verstreute Kiefern und Pappeln wie Soldaten, die irgendeinen Vorposten bewachten; Spähtrupps von Setzlingen lauerten zwischen den mageren und zerbrochenen Obstbäumen. Aber der Wald war nicht unkontrolliert geblieben; ausgefranste Stümpfe zeigten, wo die Bewohner der alten Hütte die Eindringlinge niedergeschlagen hatten, geschwärzte Stellen des Waldes zeigten, wo sie den Wald beschossen hatten.

Hier lag der Konflikt, den er geahnt hatte. Hier fühlten sich die grünen Bewohner des Waldes bedroht und angegriffen; sie befanden sich im Krieg. Die Hütte wurde vom Wald wie eine Festung belagert, eine Festung, deren Garnison mit Axt und Fackel ausrückte, um den Belagerern ihren Tribut zu zollen.

Doch McKay spürte das unaufhaltsame Eindringen des Waldes; er sah ihn als eine grüne Armee, die immer wieder die Lücken in ihren umschließenden Reihen füllte, ihre Samen in die gerodeten Stellen schoss, ihre Wurzeln aussandte, um sie auszusaugen; und immer bewaffnet mit einer erdrückenden Geduld, einer Geduld, die aus den steinernen Brüsten der ewigen Hügel gezogen wurde.

Er hatte den Eindruck ständiger Wachsamkeit, als ob der Wald Tag und Nacht seine Myriaden von Augen auf die Hütte gerichtet hielte; unerbittlich, um nicht von seinem Ziel abzulenken. Er hatte dem Gastwirt und seiner Frau von diesem Eindruck erzählt, und sie hatten ihn seltsam angeschaut.

"Der alte Polleau liebt die Bäume nicht, nein", hatte der alte Mann gesagt. "Nein, und seine beiden Söhne auch nicht. Sie lieben die Bäume nicht - und ganz sicher lieben die Bäume sie nicht."

Zwischen der Hütte und dem Ufer, das sich bis zum Rand des Sees hinunterzog, befand sich ein wunderschönes kleines Gehölz aus Weißbirken und Tannen. Das Gehölz erstreckte sich vielleicht über eine Viertelmeile, maß nicht mehr als ein oder zweihundert Fuß in der Tiefe, und es lag nicht allein an der Schönheit der Bäume, sondern auch an ihrer merkwürdigen Gruppierung, die McKays Interesse so lebhaft erregte. An jedem Ende des Gehölzes standen ein Dutzend oder mehr der glitzernden Nadeltannen, nicht gruppiert, sondern wie in offener Marschordnung ausgebreitet; an den beiden anderen Seiten schritten in großen Abständen einzelne Tannen. Die Birken, schlank und zart, wuchsen im Schutz dieser kräftigeren Bäume, doch nicht so dicht, dass sie sich gegenseitig bedrängten.

Für McKay sahen die Silberbirken aus wie eine fröhliche Karawane schöner Demoiselles unter dem Schutz lässiger Ritter. Mit seinem merkwürdigen anderen Sinn sah er die Birken als köstliche Jungfrauen, fröhlich und lachend - die Kiefern als Liebende, Troubadoure in ihren grünen Nadelröcken. Und wenn die Winde wehten und die Kronen der Bäume sich unter ihnen beugten, schien es, als ob zierliche Demoiselles flatternde, belaubte Röcke aufhoben, belaubte Kapuzen beugten und tanzten, während die Ritter der Tannen sich um sie scharten, die Arme mit den ihren verschränkten und mit ihnen zu den tosenden Trompeten der Winde tanzten. Zu solchen Zeiten hörte er fast süßes Lachen aus den Birken, Rufe aus den Tannen.

Von allen Bäumen an diesem Ort liebte McKay dieses Wäldchen am meisten; er ruderte hinüber und ruhte sich in seinem Schatten aus, er träumte dort und hörte träumend wieder das elfenhafte Echo des süßen Lachens; mit geschlossenen Augen hörte er geheimnisvolles Flüstern und das Geräusch tanzender Füße, die leicht wie fallende Blätter waren; er hatte einen träumerischen Zug von jener Fröhlichkeit erhalten, die die Seele des Wäldchens war.

Und vor zwei Tagen sah er Polleau und seine beiden Söhne. McKay träumte den ganzen Nachmittag im Gehölz. Als die Dämmerung einsetzte, stand er widerwillig auf und machte sich auf den Rückweg zum Gasthaus. Ein paar Hundert Meter vom Ufer entfernt traten drei Männer aus den Bäumen und beobachteten ihn - drei grimmige, kräftige Männer, größer als der durchschnittliche französische Bauer.

Er rief ihnen einen freundlichen Gruß zu, aber sie erwiderten ihn nicht; sie standen da und sahen ihn finster an. Dann, als er sich wieder zu seinen Rudern beugte, erhob einer der Söhne eine Axt und trieb sie wild in den Stamm einer schlanken Birke neben ihm. Er glaubte, einen dünnen, klagenden Schrei von dem angeschlagenen Baum zu hören, einen Seufzer aus dem ganzen Wäldchen.

McKay fühlte sich, als hätte sich die scharfe Schneide in sein eigenes Fleisch gebohrt.

"Hör auf damit!", schrie er, "hör auf, verdammt noch mal!"

Als Antwort schlug der Sohn wieder zu - und nie hatte McKay den Hass so tief in sein Gesicht geätzt gesehen, als er zuschlug. Fluchend, mit einer tödlichen Wut im Herzen, wendete er das Boot und raste zurück zum Ufer. Er hörte, wie das Beil wieder und wieder zuschlug, und als er sich dem Ufer näherte, hörte er ein Knacken und darüber noch einmal das dünne, hohe Wimmern. Er drehte sich um, um nachzusehen.

Die Birke wankte, fiel um. Aber als sie gefallen war, sah er etwas Seltsames. Dicht daneben wuchs eine der Tannen, und als der kleinere Baum umstürzte, fiel sie auf die Tanne wie eine ohnmächtige Jungfrau in den Armen eines Liebhabers. Und wie sie da lag und zitterte, rutschte einer der großen Äste der Tanne unter ihr hervor, peitschte heraus und versetzte dem Beilschwinger einen vernichtenden Schlag auf den Kopf, der ihn zu Boden schickte.

Es war natürlich nur der zufällige Schlag eines Astes gewesen, der durch den Druck des umgestürzten Baumes gebogen wurde und sich dann löste, als der Baum herunterrutschte. Aber der Rückstoß des Astes hatte so viel von bewusster Handlung angedeutet, so viel von bitterem Zorn, so sehr war es in Wahrheit wie der rachsüchtige Schlag eines Mannes gewesen, dass McKay ein unheimliches Kribbeln auf seiner Kopfhaut gespürt hatte, sein Herz setzte kurz aus.

Einen Augenblick lang hatten Polleau und der dastehende Sohn auf die stämmige Tanne mit der silbrigen Birke gestarrt, die auf ihrer grünen Brust lag und von ihren nadeligen Ästen beschirmt wurde, als wäre sie - wieder kam der schnelle Eindruck zu McKay - als wäre sie eine verwundete Jungfrau, die auf der Brust, in den Armen, eines ritterlichen Liebhabers lag. Einen langen Moment lang hatten Vater und Sohn gestarrt.

Dann, immer noch wortlos, aber mit demselben bitteren Hass auf ihren Gesichtern, blieben sie stehen, hoben den Anderen auf und trugen ihn mit den Armen um den Hals schlaff davon.

McKay, der an diesem Morgen auf dem Balkon des Gasthauses saß, ging diese Szene immer wieder durch; er erkannte immer deutlicher den menschlichen Aspekt der gefallenen Birke und der umklammernden Tanne und die bewusste Absichtlichkeit des Schlages der Tanne. Und während der zwei Tage, die seitdem verstrichen, hatte er gespürt, wie das Unbehagen der Bäume zunahm, ihr flüsternder Appell drängender wurde.

Was wollten sie ihm sagen? Was wollten sie, dass er tat?

Beunruhigt starrte er über den See und versuchte, den Nebel zu durchdringen, der über ihm hing und das gegenüberliegende Ufer verbarg. Und plötzlich schien es ihm, als höre er, wie das Gehölz ihn rief, fühlte, wie es die Richtung seiner Aufmerksamkeit unwiderstehlich an sich zog, so wie der Leuchtstein die Kompassnadel schwingt und hält.

Das Gehölz rief ihn, forderte ihn auf, zu kommen.

Sofort gehorchte McKay dem Befehl; er stand auf und ging hinunter zum Bootssteg; er stieg in sein Ruderboot und begann, über den See zu rudern. Als seine Ruder das Wasser berührten, fiel der Ärger von ihm ab. An seine Stelle traten Frieden und eine seltsame Erhabenheit.

Der Nebel lag dicht über dem See. Es wehte kein Wind, und doch wogte und trieb der Nebel, schüttelte sich und verhüllte sich unter der Berührung der ungefühlten, luftigen Hände.

Sie waren lebendig - die Nebel; sie formten sich zu fantastischen Palästen, an deren schillernden Fassaden er vorbeiflog; sie bauten sich zu Hügeln und Tälern auf und umkreisten Ebenen, deren Böden sich wie Seide kräuselten. Winzige Regenbögen schimmerten zwischen ihnen hervor, und auf dem Wasser leuchteten prismatische Flecken und breiteten sich aus wie verschütteter Wein aus Opalen. Er hatte die Illusion riesiger Entfernungen - die Hügel aus Nebel waren echte Berge, die Täler zwischen ihnen waren nicht illusorisch. Ein Koloss durchbrach eine Elfenwelt. Eine Forelle sprang auf und glich einem Leviathan, der aus der unergründlichen Tiefe aufstieg. Um den Umfang seines Körpers kreisten Regenbögen, die sich dann in einen Regen aus sanft schimmernden Edelsteinen auflösten - Diamanten im Tanz mit Saphiren, flammende Rubine und Perlen mit rosa schimmernden Seelen. Der Fisch verschwand, tauchte sauber und lautlos ab; die Juwelenbögen verschwanden mit ihm; ein winziger irisierender Strudel wirbelte für einen Augenblick, wo Forellen und blitzende Bögen sich befunden hatten.

Nirgends hörte man ein Geräusch. Er ließ die Ruder sinken und lehnte sich nach vorne, um sich treiben zu lassen. In der Stille, vor ihm und um ihn herum, spürte er, wie sich die Tore einer unbekannten Welt öffneten.

Und plötzlich hörte er den Klang von Stimmen, vielen Stimmen; zuerst leise und murmelnd; lauter wurden sie, schnell; Frauenstimmen, süß und trällernd, und in sie mischten sich die tieferen Töne der Männer. Stimmen, die sich hoben und senkten in einem wilden, fröhlichen Gesang, durch dessen Fröhlichkeit Untertöne sowohl von Trauer als auch von Wut verliefen - als ob Feenweber durch die aus Sonnenstrahlen gesponnene Seide düstere Fäden zogen, die in das Schwarz der Gräber getaucht waren, und karmesinrote Fäden, die in das Rot grimmiger Sonnenuntergänge gefärbt waren.

Er trieb weiter, wagte kaum zu atmen, damit nicht einmal dieser schwache Ton das Elfenlied unterbrechen würde. Näher klang es und klarer; und jetzt wurde ihm bewusst, dass die Geschwindigkeit seines Bootes zunahm, dass es nicht mehr trieb; dass es war, als ob die kleinen Wellen auf jeder Seite ihn mit weichen und geräuschlosen Handflächen vorwärts schoben. Sein Boot lief auf Grund, und während es über die glatten Kieselsteine des Strandes rauschte, verstummte das Lied.

McKay erhob sich halb und spähte vor sich hin. Der Nebel war hier dichter, aber er konnte die Umrisse des Gehölzes erkennen. Es schien, als würde er es durch viele Vorhänge aus feiner Gaze betrachten; die Bäume schienen sich zu bewegen, ätherisch, unwirklich. Und zwischen den Bäumen bewegten sich Gestalten, die sich durch die Baumstümpfe schlängelten und in rhythmischen Intervallen huschten, wie die Schatten von belaubten Ästen, die sich im Takt des Windes wiegten.

Er ging an Land und bewegte sich langsam auf sie zu. Der Nebel senkte sich hinter ihm und versperrte ihm jede Sicht auf das Ufer.

Das rhythmische Flirren hörte auf; es gab jetzt keine Bewegung mehr, so wie es keine Geräusche zwischen den Bäumen gab - und doch fühlte er, dass der kleine Wald von wachendem Leben durchdrungen war. McKay versuchte zu sprechen; es lag ein Bann des Schweigens auf seinem Mund.

"Du hast mich gerufen. Ich bin gekommen, um dir zuzuhören - um dir zu helfen, wenn ich kann."

Die Worte formten sich in seinem Kopf, aber er konnte sie nicht aussprechen. Immer wieder versuchte er es, verzweifelt; die Worte schienen zu sterben, bevor seine Lippen ihnen Leben einhauchen konnten.

Eine Nebelsäule wirbelte vorwärts und blieb stehen, wirbelte eine halbe Armlänge entfernt. Und plötzlich lugte aus ihr ein Frauengesicht hervor, die Augen auf gleicher Höhe mit seinen eigenen. Das Gesicht einer Frau - ja, aber McKay, der in diese seltsamen Augen starrte, die seins erforschten, kannte dieses Gesicht, obwohl es das einer Frau menschlichen Geschlechts zu sein schien. Sie hatten keine Pupillen, die Iris war hirschähnlich und von dem sanften Grün tiefer Waldtäler; in ihnen funkelten winzige starre Lichtpunkte wie Motive in einem Mondstrahl. Die Augen waren groß und weit auseinandergelegen unter einer breiten, niedrigen Stirn, über der sich Zopf um Zopf Haar von blassestem Gold auftürmte, Zöpfe, die aus glänzender Goldasche gesponnen schienen. Ihre Nase war klein und gerade, ihr Mund scharlachrot und wunderschön. Das Gesicht hatte eine ovale Form, die sich zu einem zarten, spitzen Kinn verjüngte.

Schön war dieses Gesicht, aber seine Schönheit wirkte fremdartig, elfenhaft. Lange Augenblicke blickten ihm die fremden Augen tief in sein Gesicht. Dann stahlen sich aus dem Nebel zwei schlanke weiße Arme, die Hände lang, die Finger spitz. Die spitzen Finger berührten seine Ohren.

"Er soll hören", flüsterten die roten Lippen.

Sofort erhob sich um ihn herum ein Wehklagen; darin klang das Flüstern und Rascheln der Blätter unter dem Atem der Winde, das Schrillen der Harfensaiten der Äste, das Lachen verborgener Bäche, das Rufen von Wassern, die sich in tiefe und felsige Becken stürzen - die Stimmen des Waldes wurden artikuliert.

"Er soll hören!", riefen sie.

Die langen weißen Finger ruhten auf seinen Lippen, und ihre Berührung kühlte wie Birkenrinde auf der Wange nach einem langen Aufstieg durch den Wald; kühl und zart süß.

"Er soll sprechen", flüsterten die scharlachroten Lippen.

"Er soll sprechen!", antworteten die Waldstimmen wieder, wie in einer Litanei.

"Er soll sehen", flüsterte die Frau und die kühlen Finger berührten seine Augen.

"Er soll sehen!", wiederholten die Waldstimmen.

Die Nebel, die das Gehölz vor McKay verborgen hatten, schwankten, lichteten sich und verschwanden. An ihrer Stelle herrschte ein klarer, durchscheinender, blassgrüner Äther, der schwach leuchtete - als stünde er in einem klaren, blassen Smaragd. Seine Füße drückten auf ein goldenes Moos, übersät mit winzigen blauen Sternen. Vor ihm erschien die Frau mit den seltsamen Augen und dem Gesicht von elfenhafter Schönheit. Einen Moment lang betrachtete er die schlanken Schultern, die festen, kleinen, spitzen Brüste, die weidenartige Geschmeidigkeit ihres Körpers. Vom Hals bis zu den Knien bedeckte sie ein Gewand, durchsichtig und seidig und zart, als wäre es aus Spinnweben gesponnen; ihr Körper schimmerte hindurch, als würde das Feuer des jungen Frühlingsmondes in ihren Adern fließen.

Jenseits von ihr, auf dem goldenen Moos, befanden sich andere Frauen wie sie, viele von ihnen; sie starrten ihn mit denselben weit auseinanderliegenden grünen Augen an, in denen die Wolken funkelnder Mondstrahl-Motiven tanzten; wie sie krönten sie das glänzende, fahlgoldene Haar; wie das ihre zeigten sie ovale Gesichter mit den spitzen Kinns und der gefährlichen Elfenschönheit. Nur da, wo sie ihn ernst anstarrte, ihn maß, ihn wog - da gab es solche von diesen ihren Schwestern, deren Augen spöttisch blickten; und solche, deren Augen mit einem unheimlich prickelnden Reiz nach ihm riefen, deren Münder durstig wirkten; solche, deren Augen ihn nur neugierig ansahen, und solche, deren große Augen ihn anflehten, zu ihm beteten.

In dieser klaren, grünlich leuchtenden Luft wurde McKay plötzlich bewusst, dass die Bäume des Gehölzes immer noch ihren Platz hatten. Nur wirkten sie jetzt in der Tat gespenstisch; sie waren wie weiße Schatten, die durch eine gläserne Leinwand geworfen wurden; Stamm und Äste, Zweige und Blätter erhoben sich um ihn herum, und sie wirkten wie von Phantomhandwerkern in die Luft geätzt - dünn, substanzlos; es mussten Geisterbäume sein, die in einem anderen Raum wurzelten.

Plötzlich wurde ihm bewusst, dass sich unter den Frauen Männer befanden; Männer, deren Augen so weit auseinander standen wie die ihren, so fremd und pupillenlos wie die ihren, aber mit einer braunen und blauen Iris; Männer mit spitzem Kinn und ovalen Gesichtern, breitschultrig und in Kittel von dunkelstem Grün gekleidet; dunkelhäutige Männer, muskulös und stark, mit der gleichen geschmeidigen Anmut wie die Frauen - und wie sie von einer fremden und elfenhaften Schönheit.

McKay hörte einen kleinen Heulschrei. Er drehte sich um. Dicht neben ihm stand ein Mädchen, das von einem der dunkelhäutigen, grün gekleideten Männer in die Arme genommen wurde. Sie lag an seiner Brust. Seine Augen füllten sich mit einer schwarzen Flamme des Zorns, und ihre waren verschleiert und verzweifelt. Einen Augenblick lang hatte McKay einen Blick auf die Birke, die der Sohn des alten Polleau in die Zweige der Tanne hatte stürzen lassen. Er sah Birke und Tanne als immaterielle Umrisse um den Mann und das Mädchen. Einen Augenblick lang schienen Mädchen und Mann und Birke und Tanne ein und dasselbe zu sein. Die Frau mit den scharlachroten Lippen berührte seine Schulter, und die Verwirrung klärte sich.

"Sie verwelkt", seufzte die Frau, und in ihrer Stimme hörte McKay ein schwaches Rascheln wie von trauernden Blättern. "Ist es nicht bedauerlich, dass sie verwelkt - unsere Schwester, die so jung, so schlank und so schön war?"

McKay blickte wieder auf das Mädchen. Die weiße Haut wirkte geschrumpft; der Mondschein, der in ihrem Körper durch die anderen hindurchschimmerte, wirkte trübe und blass; die schlanken Arme hingen lustlos herab; der Körper sank. Auch der Mund wirkte fahl und ausgedörrt, die langen, beschlagenen grünen Augen trüb. Das blassgoldene Haar glanzlos und trocken. Er blickte auf einen langsamen Tod - einen verdorrenden Tod.

"Möge der Arm, der sie niedergestreckt hat, verdorren!", rief der grün gekleidete Mann, der sie hielt, und in seiner Stimme hörte McKay ein wildes Schlagen wie von Winterwinden durch kahle Äste: "Möge sein Herz verdorren und die Sonne ihn verletzen! Mögen der Regen und das Wasser ihn verleugnen und die Winde ihn geißeln!"

"Mich dürstet", flüsterte das Mädchen.

Unter den zuschauenden Frauen regte sich etwas. Eine kam nach vorne und hielt einen Kelch in der Hand, der wie dünnes Laub aussah, das zu grünem Kristall wurde. Sie hielt neben dem Stamm eines der Gespensterbäume inne, griff hinauf und zog einen Zweig zu sich herunter. Ein schlankes Mädchen mit halb ängstlichen, halb sorgenvollen Augen glitt an ihre Seite und warf ihre Arme um den geisterhaften Stamm. Die Frau mit dem Kelch bog den Ast und schnitt ihn tief mit einem scheinbar pfeilförmigen Jadesplitter ein. Aus der Wunde füllte eine schwach opalisierende Flüssigkeit langsam den Kelch. Als dieser gefüllt war, trat die Frau neben McKay vor und presste ihre eigenen langen Hände um den blutenden Zweig. Sie trat weg, und McKay sah, dass der Strom aufgehört hatte zu fließen. Sie berührte das zitternde Mädchen und löste ihre Arme.

"Es ist geheilt", sagte die Frau sanft. "Und du warst dran, kleine Schwester. Die Wunde ist geheilt. Bald wirst du sie vergessen haben."

Die Frau mit dem Kelch kniete nieder und setzte ihn an die fahlen, trockenen Lippen der Verwelkenden. Sie trank davon, durstig, bis zum letzten Tropfen. Die trüben Augen klärten sich, sie funkelten; die Lippen, die so ausgedörrt und bleich gewesen waren, röteten sich, der weiße Körper glänzte, als ob das schwindende Licht mit frischem gespeist worden wäre.

"Singt, Schwestern", rief sie, und schrill. "Tanzt für mich, Schwestern!"

Wieder brach der Gesang aus, den McKay gehört hatte, als er durch die Nebel auf dem See schwamm. Jetzt wie da konnte er trotz seiner geöffneten Ohren keine Worte erkennen, aber er verstand deutlich die Themen - die Freude des Frühlingserwachens, der Wiedergeburt, mit dem grünen Leben, das singend durch jeden Zweig strömt, die Knospen anschwellen lässt und die Äste mit zarten Blättern bedeckt; der Tanz der Bäume in den duftenden Winden des Frühlings; die Trommeln des jubelnden Regens auf den Blätterhauben; die Leidenschaft der Sommersonne, die ihre goldene Flut auf die Bäume gießt; der Mond, der mit stattlichem Schritt und langsamen, grünen Händen vorbeizieht, die sich zu ihr hinaufstrecken und aus ihrer Brust Milch aus silbernem Feuer schöpfen; Der Aufruhr der wilden, fröhlichen Winde mit ihrem verrückten Pfeifen und Schlagen; das sanfte Verflechten der Äste, der Kuss der verliebten Blätter - all dies war in diesem Gesang enthalten, und noch viel mehr, das McKay nicht verstehen konnte, da es sich um verborgene, geheime Dinge handelte, für die der Mensch keine Bilder hat.

Und all dies und mehr lag in den Takten, den Rhythmen des Tanzes dieser seltsamen, grünäugigen Frauen und braunhäutigen Männer; etwas unglaublich Altes und doch jung wie der rasende Augenblick, etwas aus einer Welt vor und jenseits des Menschen.

McKay hörte zu, McKay sah zu, verloren im Staunen; seine eigene Welt mehr als halb vergessen; sein Geist verwoben in einem Netz aus grüner Zauberei.

Die Frau neben ihm berührte seinen Arm. Sie deutete auf das Mädchen.

"Sie verwelkt trotzdem", sagte sie. "Und nicht unser aller Leben, wenn wir es durch ihre Lippen gießen könnten, würde sie retten."

Er schaute hin; er sah, dass das Rot langsam von den Lippen des Mädchens wich, die leuchtenden Lebensfluten schwanden; die Augen, die so hell gewesen waren, beschlugen und wurden wieder stumpf, und plötzlich ergriffen ihn großes Mitleid und eine große Wut. Er kniete neben ihr nieder, nahm ihre Hände in die seinen.

"Nimm sie weg! Nimm deine Hände weg! Sie verbrennen mich!" stöhnte sie.

"Er will dir helfen", flüsterte der grün gekleidete Mann sanft. Aber er griff hinüber und zog McKays Hände weg.

"So können Sie ihr nicht helfen", sagte die Frau.

"Was kann ich tun?" McKay erhob sich und sah hilflos von einem zum anderen. "Was kann ich tun, um zu helfen?"

Die Gesänge erstarben, der Tanz hörte auf. Eine Stille trat ein, und er spürte die Augen aller auf sich gerichtet. Sie waren angespannt - abwartend. Die Frau nahm seine Hände. Ihre Berührung fühlte sich kühl an und ließ eine seltsame Süße durch seine Adern strömen.

"Da drüben gibt es drei Männer", sagte sie. "Sie hassen uns. Bald werden wir so sein wie sie dort - verdorren. Sie haben es geschworen, und wie sie es geschworen haben, so werden sie es tun. Es sei denn -"

Sie hielt inne, und McKay spürte die Anzeichen eines seltsamen Unbehagens. Die mondstrahltanzenden Motive in ihren Augen hatten sich in winzige rote Funken verwandelt. In gewisser Weise machten sie ihm Angst, diese roten Funken.

"Drei Männer?" - in seinem vernebelten Geist tauchte die Erinnerung an Polleau und seine beiden starken Söhne auf. "Drei Männer", wiederholte er dümmlich - "Aber was sind drei Männer für dich, der du so viele bist? Was könnten drei Männer gegen Eure tapferen Kavaliere ausrichten?"

"Nein", schüttelte sie den Kopf. "Nein - es gibt nichts, was unsere Männer tun könnten; nichts, was wir tun könnten. Einst waren wir fröhlich, Tag und Nacht. Jetzt fürchten wir uns - Tag und Nacht. Sie wollen uns vernichten. Unsere Verwandten haben uns gewarnt. Und unsere Sippe kann uns nicht helfen. Diese drei sind Meister der Klinge und der Flamme. Gegen Klinge und Flamme sind wir machtlos."

"Klinge und Flamme!", hallte es durch die Zuhörer. "Gegen Klinge und Flamme sind wir machtlos."

"Sicherlich werden sie uns vernichten", murmelte die Frau. "Wir werden verwelken, wir alle. Wie sie dort, oder verbrennen - es sei denn -"

Plötzlich warf sie die weißen Arme um McKays Hals. Sie drückte ihren geschmeidigen Körper dicht an ihn. Ihr scharlachroter Mund suchte und fand seine Lippen und schmiegte sich an diese. Durch McKays ganzen Körper züngelten schnelle, süße Flammen, grünes Feuer der Lust. Seine eigenen Arme legten sich um sie, drückten sie an sich.

"Du sollst nicht sterben!", rief er. "Nein, bei Gott, das wirst du nicht!"

Sie zog den Kopf zurück, sah ihm tief in die Augen.

"Sie haben geschworen, uns zu vernichten", sagte sie, ", und zwar bald. Mit Klinge und Flamme werden sie uns vernichten - diese Drei - es sei denn -"

"Es sei denn was?", fragte er wütend.

"Es sei denn, du tötest sie zuerst!", antwortete sie.

Ein kalter Schock durchfuhr McKay, der das grüne, süße Feuer seiner Begierde erstarren ließ. Er ließ seinen Arm um die Frau fallen, stieß sie von sich. Einen Augenblick lang zitterte sie vor ihm.

"Töten!", hörte er sie flüstern - und sie war weg. Die gespenstischen Bäume wankten; ihre Umrisse verdichteten sich aus der Immaterialität zur Substanz. Die grüne Transluzenz verdunkelte sich. Ihm wurde schwindelig, als würde er zwischen zwei Welten schwingen. Er schloss die Augen. Der Schwindel verging, er öffnete die Augen und schaute sich um.

McKay stand an den seeseitigen Ausläufern des kleinen Gehölzes. Da huschten keine Schatten, keine Spur von den weißen Frauen und den dunkelhäutigen, grün gekleideten Männern. Seine Füße standen auf grünem Moos; weg war der weiche goldene Teppich mit seinen blauen Sternchen. Vor ihm standen Birken und Tannen dicht gedrängt. Zu seiner Linken wuchs eine kräftige Tanne, in deren nadeligen Armen eine gebrochene Birke verdorrte. Es war die Birke, die Polleaus Männer so mutwillig umgehauen hatten. Einen Augenblick lang sah er in der Tanne und der Birke die immateriellen Umrisse des grün gekleideten Mannes und des schlanken Mädchens, das verdorrte. Für diesen Augenblick schienen Birke und Tanne und Mädchen und Mann ein und dasselbe zu sein. Er trat zurück, und seine Hände berührten die glatte, kühle Rinde einer anderen Birke, die sich nahe zu seiner Rechten erhob.

Auf seinen Händen war die Berührung dieser Rinde wie - war wie? - ja, seltsamerweise war sie wie die Berührung der langen schlanken Hände der Frau mit den scharlachroten Lippen. Aber sie gab ihm nichts von der fremden Verzückung, dem Puls des grünen Lebens, den ihre Berührung gebracht hatte. Und doch beruhigte ihn die Berührung jetzt wie zuvor.

Die Umrisse von Mädchen und Mann waren verschwunden.

Er blickte auf nichts als eine robuste Tanne mit einer verdorrten Birke, die in ihre Äste gefallen war.

McKay stand da, starrend, staunend, wie ein Mann, der nur halb aus einem Traum erwacht ist. Und plötzlich rührte ein kleiner Wind die Blätter der rundlichen Birke neben ihm. Die Blätter murrten, seufzten. Der Wind wurde stärker und die Blätter flüsterten.

"Töte!", hörte er sie flüstern - und wieder: "Töten! Hilf uns! Töten!"

Und das Geflüster war die Stimme der Frau mit den scharlachroten Lippen!

Schnelle, unbändige Wut stieg in McKay auf. Er rannte durch das Gehölz hinauf zu der alten Hütte, in der Polleau und seine Söhne wohnten. Und während er rannte, wehte der Wind stärker, und das Flüstern der Bäume wurde immer lauter.

"Tötet sie!", flüsterten sie. "Tötet sie! Rette uns! Töte!"

"Ich werde sie erschlagen! Ich werde euch retten!" McKay, keuchend, den Hammerpuls in den Ohren, eilte durch den Wald und hörte sich selbst auf diesen immer lauter, immer eindringlicher werdenden Befehl antworten. Und in seinem Kopf gab es nur einen Wunsch - die Kehlen von Polleau und seinen Söhnen zu packen, ihre Hälse zu brechen; dann bei ihnen zu stehen und zuzusehen, wie sie verwelken, verwelken wie das schlanke Mädchen in den Armen des grün gekleideten Mannes.

So schreiend kam er an den Rand des Gehölzes und stürzte aus ihm heraus in eine Flut von Sonnenschein. Hundert Fuß weit rannte er, und dann wurde ihm bewusst, dass der flüsternde Befehl verstummte; dass er nicht mehr dieses wahnsinnige Rascheln der zornigen Blätter hörte. Ein Bann schien sich von ihm gelöst zu haben; es war, als hätte er ein Netz der Zauberei durchbrochen. McKay blieb stehen, ließ sich auf den Boden fallen und vergrub sein Gesicht in den Gräsern.

Er lag da und brachte seine Gedanken in eine einigermaßen vernünftige Ordnung. Was hatte er vorgehabt? Sich wie ein Berserker auf die drei, die in der alten Hütte lebten, stürzen und - sie töten! Und wofür? Weil diese elfenhafte Frau mit den scharlachroten Lippen, deren Küsse er noch auf seinem Mund spürte, es ihm befohlen hatte! Weil die flüsternden Bäume des kleinen Wäldchens ihn mit demselben Befehl in den Wahnsinn getrieben hatten!

Und dafür war er dabei gewesen, drei Männer zu töten!

Was waren diese Frau und ihre Schwestern und die grün gekleideten, dunkelhäutigen Kavaliere von ihnen? Illusionen irgendwelcher Wachtraum-Phantome, geboren aus der Hypnose der wirbelnden Nebel, durch die er über den See gerudert und geschwebt war? Solche Dinge waren nicht unüblich. McKay wusste von denen, die durch das Beobachten der sich bewegenden Wolken ein ähnliches Land der Fantasie erschaffen und eine Zeit lang mit weit geöffneten Augen darin verweilen konnten; er kannte andere, die nur auf sanft fallendes Wasser zu starren brauchten, um sich in eine Welt des Wachtraums zu versetzen; es gab solche, die Träume herbeirufen konnten, indem sie in eine Kristallkugel blickten, andere fanden ihre Phantome in Untertassen mit glänzender Ebenholztinte.

Könnten nicht die bewegten Nebel dieselben hypnotischen Finger auf sein eigenes Gemüt gelegt haben - und seine Liebe zu den Bäumen, das Gefühl der Anziehungskraft, das er so lange gefühlt hatte, und seine Erinnerung an das mutwillige Abschlachten der schlanken Birke, all das hat sich vereint, um die Phantasmen, die er gesehen hatte, auf sein betäubtes Bewusstsein zu malen?

Dann war in der Flut des Sonnenscheins der Bann geschmolzen, sein Bewusstsein erwachte?

McKay erhob sich zittrig auf seine Füße. Er blickte zurück zum Gehölz. Der Wind wehte nicht mehr, die Blätter verharrten still und regungslos. Wieder sah er es wie die Karawane der Demoisellen mit ihren marschierenden Rittern und Troubadouren. Aber es sah nicht mehr fröhlich aus. Die Worte der scharlachlippigen Frau kamen ihm wieder in den Sinn - die Fröhlichkeit hatte sich verabschiedet und die Angst trat an ihre Stelle. Traumgespenst oder -dryade, was auch immer es war, die Hälfte davon entsprach zumindest der Wahrheit.

Er drehte sich um, ein Plan formte sich in seinem Kopf. So sehr er auch mit sich selbst haderte, etwas tief in ihm bestand hartnäckig auf der Realität seiner Wahrnehmung. Jedenfalls, sagte er sich, war der kleine Wald viel zu schön, um ihn zu plündern. Er würde die Erfahrung als Traum beiseiteschieben - aber er würde das Wäldchen bewahren wegen der Essenz der Schönheit, die es in seinem grünen Kelch barg.

Die alte Hütte lag etwa eine Viertelmeile entfernt. Ein Pfad führte zu ihr hinauf durch die zerklüfteten Felder. McKay ging den Pfad hinauf, erklomm klapprige Stufen und hielt lauschend inne. Er hörte Stimmen und klopfte an. Die Tür wurde aufgestoßen, und der alte Polleau stand da und schaute ihn durch halb geschlossenen, misstrauischen Augen an. Einer der Söhne stand dicht hinter ihm. Sie starrten McKay mit grimmigen, feindseligen Gesichtern an.

Er glaubte, ein schwaches, weit entferntes, verzweifeltes Flüstern aus dem fernen Wald zu hören. Und es kam ihm so vor, als hätten die beiden in der Tür es auch gehört, denn ihr Blick wanderte von ihm zum Gehölz, und er sah, wie der Hass rasch über ihre grimmigen

Gesichter zuckte; ihr Blick schweifte zu ihm zurück.

"Was wollen Sie?", fragte Polleau barsch.

"Ich bin ein Nachbar von Ihnen, der im Gasthaus verweilt -", begann McKay höflich.

"Ich weiß, wer Sie sind", unterbrach ihn Polleau brüsk, "aber was wollen Sie?"

"Ich finde die Luft an diesem Ort gut für mich", unterdrückte McKay eine aufsteigende Wut. "Ich denke daran, für ein Jahr oder länger zu bleiben, bis meine Gesundheit wieder vollständig hergestellt ist. Ich würde gern etwas von Ihrem Land kaufen und mir darauf eine Hütte bauen."

"Ja, M'sieu?", jetzt lag saure Höflichkeit in der Stimme des mächtigen alten Mannes. "Aber ist es erlaubt zu fragen, warum Sie nicht im Gasthaus bleiben? Das Essen dort ist ausgezeichnet, und Sie sind dort sehr beliebt."

"Ich habe den Wunsch, allein zu sein", antwortete McKay. "Ich mag keine Menschen, die mir zu nahe kommen. Ich möchte mein eigenes Land haben und unter meinem eigenen Dach schlafen."

"Aber warum kommen Sie zu mir?", fragte Polleau. "Es gibt viele Orte auf der anderen Seite des Sees, die Sie sich sichern könnten. Dort ist es schön, und diese Seite ist nicht schön, M'sieu. Aber sagen Sie mir, welchen Teil meines Landes möchten Sie haben?"

"Das kleine Wäldchen dort drüben", antwortete McKay und zeigte auf das Gehölz.

"Ah! Das dachte ich mir!", flüsterte Polleau, und zwischen ihm und seinen Söhnen ging ein Blick des bitteren Verständnisses hin und her. Er sah McKay düster an.

"Das Waldstück ist nicht zu verkaufen, M'sieu", sagte er schließlich. "Ich kann gut bezahlen für das, was ich will", sagte McKay. "Nennen Sie Ihren Preis."

"Es ist nicht zu verkaufen", wiederholte Polleau stur, "um keinen Preis."

"Ach, kommen Sie", lachte McKay, obwohl sein Herz angesichts der Endgültigkeit dieser Antwort sank. "Sie haben viele Hektar und was ist das schon, außer ein paar Bäume? Ich kann es mir leisten, meine Fantasien zu befriedigen. Ich gebe Ihnen alles, was Ihr anderes Land wert ist, dafür."

"Sie haben die Frage gestellt, was der Ort ist, den Sie so sehr begehren, und darauf hingewiesen, dass es nur ein paar Bäume sind", sagte Polleau langsam, und der große Sohn hinter ihm lachte unvermittelt und boshaft. "Aber es ist mehr als das, M'sieu - oh, viel mehr als das. Und Sie wissen es, warum würden Sie sonst einen solchen Preis zahlen? Ja, Sie wissen es - denn Sie wissen auch, dass wir bereit sind, alles zu zerstören, und Sie wollen es retten. Und wer hat Ihnen das alles erzählt, M'sieu?", knurrte er.

Es lag eine solche Bösartigkeit in dem Gesicht, das sich plötzlich nahe an McKay heranschob, mit gefletschten Zähnen und hochgezogener Lippe, dass er unwillkürlich zurückwich.

"Nur ein paar Bäume!", knurrte der alte Polleau. "Wer hat ihm dann gesagt, was wir vorhaben - he, Pierre?"

Wieder lachte der Sohn. Und bei diesem Lachen spürte McKay in sich das Wiederaufleben seines eigenen blinden Hasses, als er durch den flüsternden Wald geflohen war. Er beherrschte sich, wandte sich ab, es gab nichts, was er jetzt noch tun konnte. Polleau hielt ihn auf.

"M'sieu", sagte er, " warten Sie. Treten Sie ein. Es gibt etwas, das ich Ihnen sagen möchte; auch etwas, das ich Ihnen zeigen möchte. Etwas, das ich Sie vielleicht fragen möchte."

Er trat zur Seite und verbeugte sich mit einer groben Höflichkeit. McKay schritt durch die Türöffnung. Polleau mit seinem Sohn folgten ihm. Er betrat einen großen, schummrigen Raum, dessen Decke mit rauchgeschwärzten Balken durchzogen war. Von diesen Balken hingen Zwiebelschnüre und Kräuter und Rauchpökelwaren. An einer Seite befand sich ein breiter Kamin. Daran gekauert saß Polleaus anderer Sohn. Er blickte auf, als sie eintraten, und McKay sah, dass eine Bandage eine Seite seines Kopfes bedeckte und sein linkes Auge verbarg. McKay erkannte ihn als denjenigen, der die schlanke Birke gefällt hatte. Der Schlag der Tanne, so dachte er mit einer gewissen Genugtuung, war nicht umsonst gewesen.

Der alte Polleau schritt zu dem Sohn hinüber.

"Sehen Sie, M'sieu", sagte er und hob den Verband an.

McKay sah mit einem schwachen Zittern des Entsetzens eine klaffende, geschwärzte Augenhöhle, rot umrandet und augenlos.

"Großer Gott, Polleau!", rief er. "Aber dieser Mann braucht medizinische Hilfe. Ich verstehe etwas von Wunden. Lassen Sie mich über den See gehen und meine Ausrüstung zurückbringen. Ich werde mich um ihn kümmern."

Der alte Polleau schüttelte den Kopf, obwohl sich sein grimmiges Gesicht zum ersten Mal erweichte. Er zog die Verbände wieder an ihren Platz.

"Es heilt", sagte er. "Wir haben eine gewisse Fertigkeit in solchen Dingen. Sie haben gesehen, was es getan hat. Sie haben von Ihrem Boot aus zugesehen, wie der verfluchte Baum ihn getroffen hat. Das Auge wurde zerquetscht und lag auf seiner Wange. Ich schnitt es weg. Jetzt heilt es. Wir brauchen Ihre Hilfe nicht, M'sieu."

"Aber er hätte die Birke nicht durchschneiden sollen", murmelte McKay, mehr zu sich selbst, als um gehört zu werden.

"Warum nicht?", fragte der alte Polleau wütend, "Weil sie ihn hasste."

McKay starrte ihn an. Was wusste dieser alte Bauer schon? Die Worte bestärkten jene tiefe, hartnäckige Überzeugung, dass das, was er im Gehölz gesehen und gehört hatte, Wirklichkeit gewesen war - kein Traum. Und noch mehr stärkten Polleaus nächste Worte diese Überzeugung.

"M'sieu", sagte er, "Sie kommen hierher als eine Art Botschafter. Der Wald hat zu Ihnen gesprochen. Nun, als Botschafter werde ich zu Ihnen sprechen. Vier Jahrhunderte hat mein Geschlecht an diesem Ort gelebt. Seit einem Jahrhundert gehört uns dieses Land. M'sieu, in all diesen Jahren gab es keinen Moment, in dem die Bäume uns nicht hassten - oder wir die Bäume."

"In all diesen hundert Jahren gab es Hass und Kampf zwischen uns und dem Wald. Mein Vater, M'sieu, wurde von einem Baum erschlagen, mein älterer Bruder von einem anderen verkrüppelt. Der Vater meines Vaters, ein Holzfäller, der er war, hatte sich im Wald verirrt - er kam zu uns zurück, ohne Verstand, schwärmend von den Waldfrauen, die ihn verhext und verspottet hatten, die ihn in Sumpf und Moor und verworrenes Dickicht lockten und ihn quälten. In jeder Generation haben die Bäume ihren Tribut von uns gefordert - von den Frauen ebenso wie von den Männern - und uns verstümmelt oder getötet."

"Unfälle", unterbrach McKay. "Das ist kindisch, Polleau. Sie können den Bäumen nicht die Schuld geben."

"Im Herzen glaubt man das nicht", sagte Polleau. "Hören Sie, die Fehde ist eine uralte Fehde. Vor Jahrhunderten begann sie, als wir Leibeigene waren, Sklaven der Adligen. Um zu kochen, um uns im Winter warmzuhalten, ließen sie uns die Reisighölzer auflesen, die toten Äste und Zweige, die von den Bäumen fielen. Aber wenn wir einen Baum fällten, um uns warmzuhalten, um unsere Frauen und Kinder warmzuhalten, ja, wenn wir nur einen Ast abrissen - dann hängten sie uns auf oder warfen uns zum Verrotten in den Kerker oder peitschten uns aus, bis unsere Rücken rote Gitter waren.

"Sie hatten ihre weiten Felder, die Adligen - wir aber mussten unsere Nahrung auf den Flecken anbauen, wo die Bäume verschmähten zu wachsen. Und wenn sie sich in unsere armen Flecken drängten, dann, M'sieu, mussten wir sie gewähren lassen - oder wir wurden ausgepeitscht, in den Kerker geworfen oder gehängt.

"Sie drückten uns in die Bäume", die Stimme des alten Mannes wurde scharf vor fanatischem Hass. "Sie stahlen unsere Felder und nahmen die Nahrung aus den Mündern unserer Kinder; sie warfen ihre Reisigballen zu uns herab wie die Almosen zu den Bettlern; sie lockten uns in die Wärme, wenn uns die Kälte auf die Knochen schlug - und sie hängten uns als Früchte an das Ende der Seile der Förster, wenn wir ihren Verlockungen nachgaben.

"Ja, M'sieu - wir starben vor Kälte, damit sie leben konnten! Unsere Kinder starben an Hunger, damit ihre Jungen Wurzelraum finden konnten! Sie verachteten uns - die Bäume! Wir starben, damit sie leben konnten - und wir waren Menschen!

"Dann, M'sieu, kam die Revolution und die Freiheit. Ah, M'sieu, dann haben wir unseren Tribut gefordert! Große Baumstämme, die in der Winterkälte röhren - kein Kuscheln mehr über den Almosen der Brennholzscheite. Felder, wo die Bäume gewesen waren - nicht mehr unsere Kinder verhungern lassen, damit ihre leben können. Jetzt waren die Bäume die Sklaven und wir die Herren.

"Und die Bäume wussten es und hassten uns!

"Aber Schlag für Schlag, 100 ihrer Leben für jedes unserer Leben, haben wir ihren Hass erwidert. Mit Axt und Fackel haben wir sie bekämpft.

"Die Bäume!", schrie Polleau plötzlich, die Augen glühend rot vor Wut, das Gesicht sich windend, Schaum an den Mundwinkeln und das graue Haar in den starren Händen gepackt - "Die verfluchten Bäume! Armeen von Bäumen, die schleichen - schleichen - näher, immer näher - erdrücken uns! Stehlen unsere Felder, wie sie es früher taten! Sie bauen ihre Kerker um uns herum, wie damals die Kerker aus Stein! Kriechend-kriechend! Armeen von Bäumen! Legionen von Bäumen! Die Bäume! Die verfluchten Bäume!"

McKay hörte zu, entsetzt. Hier war das karmesinrote Herz des Hasses. Wahnsinn! Aber was war die Wurzel davon? Ein tief vererbter Instinkt, der von Vorvätern herrührte, die den Wald als Symbol ihrer Herren gehasst hatten. Vorväter, deren Hassfluten auf das grüne Leben übergegriffen hatten, auf das die Adligen ihr Tabu gelegt hatten - so wie ein vernachlässigtes Kind den Liebling hasst, den man mit Liebe und Geschenken überhäuft? In solch verzerrten Köpfen mag der erdrückende Sturz eines Baumes, der verstümmelnde Schwung eines Astes, als vorsätzlich erscheinen, das natürliche Wachstum des Waldes als unerbittliches Vordringen eines Feindes.

Und doch - der Schlag der Tanne, als die gefällte Birke fiel, war absichtlich gewesen! Und da waren diese Frauen des Waldes gewesen-.

"Geduld", der stehende Sohn berührte die Schulter des alten Mannes. "Geduld! Bald schlagen wir zu."

Etwas von der Raserei verschwand aus Polleaus Gesicht.

"Auch wenn wir hundert niedermähen", flüsterte er, "bei hundert kommen sie zurück! Aber einer von uns, wenn sie zuschlagen, kehrt nicht zurück. Nein! Sie sind zahlreich und sie haben Zeit. Wir sind nur noch drei, und wir haben wenig Zeit. Sie beobachten uns, während wir durch den Wald gehen, wachsam, um zu stolpern, zuzuschlagen, zu zerquetschen!

"Aber M'sieu", er wandte seine blutunterlaufenen Augen zu McKay. "Wir schlagen zu, so wie Pierre es gesagt hat. Wir schlagen bei dem Gehölz zu, das Sie so begehren. Wir schlagen dort zu, weil es das Herz des Waldes ist. Dort fließt das geheime Leben des Waldes in Strömen. Wir wissen - und Sie wissen es! Etwas, das, wenn es zerstört wird, dem Wald das Herz nimmt - und ihn uns als seine Herren erkennen lässt."

"Die Frauen!" die Augen des stehenden Sohnes funkelten, "ich habe die Frauen dort gesehen! Die schönen Frauen mit glänzender Haut, die einladen und spotten und verschwinden, ehe Hände sie ergreifen können."

"Die schönen Frauen, die in der Nacht in unsere Fenster spähen und uns verhöhnen!", murmelte der augenlose Sohn.

"Sie sollen nicht mehr spotten!", rief Polleau, den die Raserei wieder ergriff. "Bald werden sie im Sterben liegen! Alle, alle, alle! Sie werden sterben!"

Er packte McKay an den Schultern und schüttelte ihn wie ein Kind.

"Geh und sag ihnen das!", rief er. "Sag ihnen, dass wir sie noch heute vernichten. Sag ihnen, dass wir es sind, die lachen werden, wenn der Winter kommt und wir zusehen, wie ihre runden weißen Körper in unserer Feuerstelle lodern und uns wärmen! Geh - sag ihnen das!"

Er wirbelte McKay herum, stieß ihn zur Tür, öffnete sie und schleuderte ihn taumelnd die Treppe hinunter. Er hörte, wie der große Sohn lachte und die Tür schloss. Blind vor Wut rannte er die Stufen hinauf und schleuder-

te sich gegen die Tür. Wieder lachte der große Sohn. McKay schlug mit geballten Fäusten gegen die Tür und fluchte. Die Drei drinnen beachteten ihn nicht. Verzweiflung begann, seine Wut zu dämpfen. Konnten die Bäume ihm helfen - ihn trösten? Er drehte sich um und ging langsam den Feldweg hinunter zu dem kleinen Wäldchen.

Langsam und immer langsamer ging er, als er sich ihm näherte. Er hatte versagt. Er war ein Bote, der ein Todesurteil überbrachte. Die Birken standen regungslos, ihre Blätter hingen lustlos herab. Es war, als ob sie wüssten, dass er versagt hatte. Am Rande des Gehölzes hielt er inne. Er schaute auf seine Uhr und stellte mit leichtem Erstaunen fest, dass es bereits Mittag war. Das Wäldchen hatte schon genug abbekommen. Das Werk der Zerstörung würde nicht mehr lange auf sich warten lassen.

McKay straffte die Schultern und ging zwischen den Bäumen hindurch. Im Gehölz herrschte eine merkwürdige Stille. Und voller Schwermut. Er hatte das Gefühl, dass das Leben um ihn herum brütete, in sich selbst zurückgezogen, trauernd. Er ging durch den stillen, schwermütigen Wald, bis er die Stelle erreichte, wo der runde, glänzend entrindete Baum dicht neben der Tanne stand, die die verdorrende Birke hielt. Noch immer hörte er keinen Laut, keine Bewegung. Er legte die Hände auf die kühle Rinde des runden Baumes.

"Lass mich wieder sehen!", flüsterte er. "Lass mich hören! Sprich zu mir!"

Es gab keine Antwort. Wieder und wieder rief er. Das Gehölz schwieg. Er wanderte hindurch, flüsterte, rief. Die schlanken Birken standen da, passiv, mit Ästen und Blättern umschlungen wie lustlose Arme und Hände gefangener Mägde, die mit dumpfem Weh den Willen der Eroberer erwarten. Die Tannen schienen zu kauern wie hoffnungslose Männer mit Köpfen in den Händen. Sein Herz schmerzte bei dem Weh, das den kleinen Wald erfüllte, bei dieser hoffnungslosen Unterwerfung der Bäume.

Wann, so fragte er sich, würde Polleau zuschlagen. Er schaute wieder auf seine Uhr; eine Stunde war vergangen. Wie lange würde Polleau noch warten? Er ließ sich auf das Moos fallen, mit dem Rücken gegen einen glatten Baumstamm.

Und plötzlich schien es McKay, dass er ein Verrückter sein musste - so verrückt wie Polleau und seine Söhne. Ruhig ging er die Anklage des alten Bauern gegen den Wald durch; er erinnerte sich an das Gesicht und die Augen, voll des fanatischen Hasses. Wahnsinn! Immerhin waren es ja nur Bäume, die Bäume. Polleau und seine Söhne - so schlussfolgerte er - hatten den bitteren Hass ihrer Vorväter auf die alten Herren, die sie versklavten, auf die Bäume übertragen; hatten ihnen auch die ganze Bitterkeit ihres eigenen Kampfes um das Dasein in diesem Hochwaldland aufgeprägt. Wenn sie auf die Bäume einschlugen, waren es die Geister dieser Vorväter, die auf die Adligen einschlugen, die sie unterdrückt hatten; es waren sie selbst, die gegen ihr eigenes Schicksal einschlugen. Die Bäume waren nur Symbole. Es war der verdrehte Geist von Polleau und seinen Söhnen, der sie in den falschen Schein bewussten Lebens kleidete, um in blindem Streben Rache an den alten Herren und dem Schicksal zu üben, das ihr Leben zu einem harten und unaufhörlichen Kampf gegen die Natur gemacht hatte. Die Adligen waren längst tot; das Schicksal kann von keinem Menschen in den Griff bekommen werden. Aber die Bäume waren da und lebten. In Fata Morgana gekleidet, konnte durch sie die treibende Lust auf Rache gestillt werden.

Und er, McKay, war es nicht seine eigene tiefe Liebe und Sympathie für die Bäume, die diese in den falschen Anschein von bewusstem Leben gekleidet hatte? Hatte er nicht seine eigene Fata Morgana erschaffen? Die Bäume trauerten nicht wirklich, konnten nicht leiden, konnten nicht wissen. Es war sein eigener Kummer, den er auf sie übertragen hatte; nur sein eigener Kummer, den er von ihnen zurückgeworfen fühlte.

Die Bäume waren einfach nur Bäume.

Sofort, als wäre dieser Gedanke eine Antwort, wurde ihm bewusst, dass der Stamm, an den er sich lehnte, zitterte; dass das ganze Gehölz zitterte; dass all die kleinen Blätter zitterten, erbebten.

McKay sprang verwirrt auf die Füße. Die Vernunft sagte ihm, dass es der Wind sei - doch es gab keinen Wind!

Und als er so dastand, erhob sich ein Seufzen, als ob eine traurige Brise durch die Bäume wehte - und wieder fehlte der Wind!

Lauter wurde das Seufzen und darin nun schwaches Wehklagen.

"Sie kommen! Sie kommen! Lebt wohl, Schwestern! Schwestern-Lebewohl!"

Deutlich hörte er das klagende Geflüster.

McKay begann, durch die Bäume zu dem Pfad zu laufen, der zu den Feldern der alten Hütte führte. Und während er rannte, verdunkelte sich der Wald, als ob sich klare Schatten in ihm sammelten, als ob riesige unsichtbare Flügel über ihm schwebten. Das Zittern des Gehölzes nahm zu; Zweig berührte Zweig, klammerte sich aneinander; und lauter wurde das klagende Weinen:

"Lebe wohl, Schwester! Lebe wohl, Schwester!"

McKay stürzte hinaus ins Freie. Auf halbem Wege zwischen ihm und der Hütte standen Polleau und seine Söhne. Sie sahen ihn; sie zeigten auf ihn und hoben spöttisch ihre blanken Äxte. Er kauerte und wartete auf sie, alle fein gesponnenen Theorien waren verschwunden und in ihm stieg die gleiche Wut auf, die ihn Stunden zuvor zum Töten hinausgeschickt hatte.

So kauernd, hörte er von den bewaldeten Hügeln ein brüllendes Geschrei. Von allen Seiten kam es, zornig, bedrohlich; wie die Stimmen von Legionen großer Bäume, die durch die Trompeten des Sturms brüllten. Das Geschrei machte McKay wahnsinnig; es fachte die Flamme der Wut zu weißer Hitze an.

Wenn die drei Männer es hörten, machten sie ihrerseits keine Anstalten. Sie kamen immer weiter, verhöhnten ihn und fuchtelten mit ihren scharfen Klingen herum. Er rannte ihnen entgegen.

"Zurück!", rief er. "Gehen Sie zurück, Polleau! Ich warne euch!"

"Er warnt uns!", höhnte Polleau. "Er-Pierre, Jean-er warnt uns!"

Der Arm des alten Bauern schoss hervor und seine Hand erfasste McKays Schulter mit einem Griff, der bis auf die Knochen drückte. Der Arm beugte sich und schleuderte McKay gegen den ungeschlachten Sohn. Der Sohn fing ihn auf, wirbelte ihn herum und schleuderte ihn kopfüber ein Dutzend Meter weit, sodass er durch das Gestrüpp am Rande des Waldes krachte.

McKay sprang auf und heulte wie ein Wolf. Das Geschrei des Waldes war stärker geworden.

"Töte!", brüllte es. "Töte!"

Der ungeschlachte Sohn hatte seine Axt erhoben. Er ließ sie auf den Stamm einer Birke niedersausen und spaltete sie mit einem Schlag halb. McKay hörte ein Heulen aus dem Wäldchen aufsteigen. Bevor die Axt zurückgezogen werden konnte, hatte er dem Axtschwinger eine Faust ins Gesicht geschlagen. Der Kopf von Polleaus Sohn schaukelte zurück; er jaulte auf, und bevor McKay erneut zuschlagen konnte, hatten sich starke Arme um ihn geschlungen und quetschten den Atem aus ihm. McKay entspannte sich, wurde schlaff, und der Sohn lockerte seinen Griff. Sofort schlüpfte McKay aus dem Griff und schlug erneut zu, wobei er zur Seite sprang, um der Rippen brechenden Umklammerung auszuweichen. Polleaus Sohn war schneller als er, die langen Arme fingen ihn auf. Aber als sich die Arme festkrallten, gab es das Geräusch von scharfem Splittern und die Birke, in die sich die Axt verbissen hatte, kippte um. Sie schlug direkt hinter den ringenden Männern auf dem Boden auf. Ihre Äste schienen sich nach den Füßen von Polleaus Sohn zu strecken und ihn zu umklammern.

Er stolperte und fiel rückwärts, McKay auf ihm. Der Schock des Sturzes lockerte seinen Griff, und wieder wand sich McKay frei. Wieder war er auf den Beinen, und wieder stellte sich Polleaus starker Sohn, schnell wie er selbst, ihm entgegen. Zweimal fanden McKays Schläge ihr Ziel unter seinem Herzen, bevor die langen Arme ihn wieder umklammerten. Aber ihr Griff war schwächer; McKay fühlte, dass er jetzt gleich stark war.

Sie schwankten hin und her, McKay versuchte, sich zu befreien. Sie fielen, und sie wälzten sich hin und her, Arme und Beine verschränkt, jeder versuchte, eine Hand zu befreien, um die Kehle des anderen zu greifen. Um sie herum rannten Polleau und der einäugige Sohn, um Pierre aufzumuntern, aber keiner wagte es, McKay anzugreifen, damit der Schlag nicht daneben ging und vom anderen aufgefangen wurde.

Und die ganze Zeit über hörte McKay das kleine Wäldchen schreien. Jetzt gab es keine Trauer mehr, keine passive Resignation. Der Wald erwachte zum Leben und tobte. Er sah, wie die Bäume zitterten und sich bogen, als ob sie von einem Sturm zerrissen würden. Schemenhaft erkannte er, dass die anderen nichts davon hören, nichts davon sehen durften; ebenso schemenhaft fragte er sich, warum das so sein sollte.

"Töte!", schrie das Gehölz - und über seinem Getöse hörte er das Brüllen des großen Waldes:

"Töte! Töte!"

Er wurde sich zweier schattenhafter Gestalten bewusst, schattenhafter Gestalten von dunkelgrün gekleideten Männern, die sich dicht an ihn drängten, während er sich wälzte und kämpfte.

"Töte!", flüsterten sie. "Lass sein Blut fließen! Töte! Sein Blut soll fließen!"

Er riss ein Handgelenk aus der Umklammerung des Sohnes. Sofort spürte er in seiner Hand den Griff eines Messers.

"Töte!", flüsterten die Schattenmänner.

"Töte!", kreischte das Gehölz.

"Töte!", brüllte der Wald.

McKays freier Arm schnellte hoch und stieß das Messer in die Kehle von Polleaus Sohn! Er hörte ein ersticktes Schluchzen; hörte Polleau schreien; fühlte das heiße Blut ins Gesicht und über die Hand spritzen; roch seinen salzigen und schwach beißenden Geruch. Die ihn umschlingenden Arme fielen von ihm ab; er taumelte auf die Füße.

Als ob das Blut eine Brücke gewesen wäre, sprangen die schattenhaften Männer aus der Immaterialität in die Substanz. Einer warf sich auf den Mann, den McKay erstochen hatte; der andere stürzte sich auf den alten Polleau. Der verstümmelte Sohn drehte sich um und floh, heulend vor Angst. Eine weiße Frau sprang aus dem Schatten hervor, warf sich zu seinen Füßen, umklammerte sie und brachte ihn zu Fall. Eine andere Frau und eine weitere stürzten sich auf ihn. Der Ton seines Schreiens änderte sich von Angst zu Qual; dann erstarb er abrupt in Stille.

Und jetzt konnte McKay keinen der drei sehen, weder den alten Polleau noch seine Söhne, denn die grün gekleideten Männer und die weißen Frauen hüllten sie ein!

McKay stand dumm da und starrte auf seine roten Hände. Das Rauschen des Waldes hatte sich in einen tiefen Triumphgesang verwandelt. Das Gehölz tobte vor Freude. Die Bäume verwandelten sich in dünne, in smaragdgrüne, lichtdurchlässige Phantome, wie sie es gewesen waren, als die grüne Zauberei ihn zuerst umgarnt hatte. Und überall um ihn herum wogten und tanzten die schlanken, schimmernden Frauen des Waldes.

Sie umringten ihn, ihr Gesang vogelsüß und schrill; jubelnd. Jenseits von ihnen sah er die Frau der nebligen Säulen, deren Küsse das süße grüne Feuer in seinen Adern entfacht hatten, auf ihn zuschweben. Ihre Arme streckten sich ihm entgegen, ihre seltsamen großen Augen blickten verzückt auf die seinen, ihre weißen Körper schimmerten im Glanz des Mondes, ihre roten Lippen waren geöffnet und lächelten - ein scharlachroter Kelch, gefüllt mit dem Versprechen ungeahnter Ekstasen. Der tanzende, singende Kreis brach ab, um die Frau durchzulassen.

Plötzlich erfüllte ein Schrecken McKay. Nicht über diese schöne Frau, nicht über ihre jubelnden Schwestern - aber über sich selbst.

Er hatte getötet! Und die Wunde, die der Krieg in seiner Seele hinterlassen hatte, die Wunde, von der er dachte, sie sei verheilt, war wieder aufgegangen.

Er stürzte durch den unterbrochenen Kreis, stieß die strahlende Frau mit seinen blutbefleckten Händen beiseite und lief weinend zum Seeufer. Der Gesang verstummte. Er hörte kleine Schreie, zärtlich, flehend; kleine Schreie des Mitleids; leise Stimmen, die ihn aufforderten, stehen zu bleiben, zurückzukehren. Hinter ihm ertönte das Geräusch von kleinen, laufenden Füßen, leicht wie der Fall von Blättern auf das Moos.

McKay rannte weiter. Das Gehölz lichtete sich, das Ufer lag vor ihm. Er hörte, wie die schöne Frau ihn rief, spürte ihre Hand auf seiner Schulter. Er beachtete sie nicht. Er rannte über den schmalen Strandstreifen, stieß sein Boot ins Wasser und watete durch die Untiefen, warf sich in das Boot.

Einen Moment lang lag er schluchzend da; dann zog er sich hoch, griff nach den Rudern. Er blickte zurück auf das Ufer, welches nun ein paar Meter von ihm entfernt lag. Am Rande des Gehölzes stand die Frau und starrte ihn mit mitleidigen, klugen Augen an. Hinter ihr gruppierten sich die weißen Gesichter ihrer Schwestern, die dunkelhäutigen Gesichter der grün gekleideten Männer.

"Komm zurück!", flüsterte die Frau und streckte ihm die schlanken Arme entgegen.

McKay zögerte, sein Entsetzen ließ angesichts dieses klaren, klugen, mitleidigen Blicks nach. Er schwenkte das Boot halb herum. Sein Blick fiel auf seine blutbefleckten Hände, und wieder packte ihn die Hysterie. Er hatte nur einen Gedanken - weit weg von dem Ort zu kommen, an dem Polleaus Sohn mit aufgeschlitzter Kehle lag, um den See zwischen diesen Körper und ihn zu bringen.

Mit gesenktem Kopf beugte sich McKay über die Ruder und glitt schnell nach draußen. Als er aufblickte, hatte sich ein Nebelvorhang zwischen ihm und dem Ufer gebildet. Er verdeckte das Gehölz, und von jenseits desselben kam kein Geräusch zu ihm. Er blickte hinter sich, zurück zum Gasthaus. Auch dort waberte der Nebel und verdeckte es.

McKay dankte im Stillen für diese dunstigen Vorhänge, die ihn sowohl vor den Toten als auch vor den Lebenden verbargen. Er schlüpfte schlaff unter die Vorhänge. Nach einer Weile lehnte er sich über die Bordwand

und wusch sich mit einem Schaudern das Blut von den Händen. Er schrubbte die Ruderblätter, wo seine Hände rote Flecken hinterlassen hatten. Er riss das Futter aus seinem Mantel, tauchte es in den See und reinigte sein Gesicht. Er zog den befleckten Mantel aus, wickelte ihn mit dem Futter um den Ankerstein im Ruderboot und versenkte selbiges im See. Auf seinem Hemd befanden sich noch weitere Flecken; aber diese würde er sein lassen müssen.

Eine Zeit lang ruderte er ziellos und fand in der Anstrengung ein Nachlassen seiner Seelenkrankheit. Sein betäubter Verstand begann zu arbeiten, analysierte seine Notlage, plante, wie er der Zukunft begegnen sollte - wie er sich retten könnte.

Was sollte er tun? Gestehen, dass er Polleaus Sohn getötet hatte? Welchen Grund sollte er nennen? Nur, dass er getötet hatte, weil der Mann im Begriff gewesen war, einige Bäume zu fällen - Bäume, die seinem Vater gehörten und mit denen er machen konnte, was er wollte!

Und wenn er von der Waldfrau erzählte, den Waldfrauen, den schattenhaften Gestalten ihrer grünen Kavaliere, die ihm geholfen hatten - wer würde ihm glauben?

Sie würden ihn für verrückt halten - so verrückt, wie er selbst halb glaubte, zu sein.

Nein, niemand würde ihm glauben. Keiner! Ein Geständnis würde dem Erschlagenen auch nicht das Leben zurückbringen. Nein, er würde nicht gestehen.

Doch halt - ein anderer Gedanke kam! Könnte er nicht angeklagt werden? Was war eigentlich mit dem alten Polleau und seinem anderen Sohn geschehen? Er war davon ausgegangen, dass sie tot waren, dass sie unter diesen weißen und bleichen Körpern gestorben waren. Aber waren sie es? Während die grüne Zauberei ihn umgarnt hatte, hatte er keinen Zweifel daran gehabt - wozu sonst der Jubel des Wäldchens, der triumphale Gesang des Waldes?

Waren sie tot - Polleau und der einäugige Sohn? Ihm wurde klar, dass sie nicht gehört hatten wie er, nicht gesehen hatten wie er. Für sie waren McKay und sein Feind nur zwei Männer gewesen, die auf einer Waldlichtung kämpften; nichts weiter als das - bis zum Schluss! Bis zum Schluss? Hatten sie da schon mehr gesehen?

Nein, alles, worauf er sich als wahr verlassen konnte, war, dass er einem der Söhne des alten Polleau die Kehle aufgeschlitzt hatte. Das war die einzige unanfechtbare Wahrheit. Er hatte das Blut dieses Mannes von seinen Händen und seinem Gesicht abgewaschen.

Alles andere mag eine Illusion gewesen sein, aber eines war wahr. Er hatte den Sohn von Polleau ermordet!

Gewissensbisse? Er hatte gedacht, er hätte sie gefühlt. Jetzt wusste er, dass er keine empfand; dass er keinen Schatten von Reue für seine Tat empfand. Es war Panik gewesen, die ihn erschüttert hatte, panisches Erkennen der Seltsamkeiten, Reaktion aus der Kampfeslust, Nachhall des Krieges. Er war im Recht gewesen - mit der Hinrichtung. Welches Recht hatten diese Männer, das Wäldchen zu zerstören, seine Schönheit mutwillig wegzuwischen?

Keines! Er war froh, dass er getötet hatte!

In diesem Augenblick wollte McKay am liebsten sein Boot wenden und davonrasen, um von dem purpurnen Kelch an den Lippen der Waldfrau zu trinken. Aber der Nebel stieg auf, und er sah, dass er kurz vor der Anlegestelle des Gasthauses ankam.

Niemand war zu sehen. Jetzt musste er den letzten dieser anklagenden Flecken entfernen. Danach ...

Schnell zog er das Boot hoch, befestigte es und schlüpfte ungesehen in sein Zimmer. Er schloss die Tür ab und begann, sich auszuzie-

hen. Dann überkam ihn plötzlich der Schlaftrieb wie eine Welle und zog ihn hilflos in die Tiefen des Schlafes hinab.

Ein Klopfen an der Tür weckte McKay, und die Stimme des Gastwirts rief ihn zum Abendessen. Schläfrig antwortete er, und als die Schritte des alten Mannes verklungen waren, wachte er auf. Sein Blick fiel auf sein Hemd und die großen Flecken, die jetzt rostbraun aussahen. Verwirrt starrte er sie einen Moment lang an, dann setzte sich die Erinnerung wieder voll durch.

Er ging zum Fenster. Der Abend dämmerte. Ein Wind wehte, und die Bäume sangen, all die kleinen Blätter tanzten; der Wald summte ein fröhliches Abendlied. Vorbei waren all das Unbehagen, all der unartikulierte Ärger und die Angst. Der Wald lag ruhig und glücklich da.

Er suchte das Gehölz in der aufkommenden Dämmerung. Die Demoisellen tanzten leicht im Wind, die Laubhauben neigten sich, die Blätterröcke wehten. Neben ihnen marschierten die grünen Troubadoure, sorglos, ihre nadeligen Arme schwenkend. Fröhlich wirkte der kleine Wald, fröhlich wie damals, als seine Schönheit ihn zum ersten Mal angezogen hatte.

McKay zog sich aus, versteckte das fleckige Hemd in seiner Reisetasche, badete und zog sich ein frisches Outfit an, schlenderte hinunter zum Abendessen. Er aß vorzüglich. Ab und zu kam ihm der Gedanke, dass er kein Bedauern, ja nicht einmal Trauer für den Mann empfand, den er getötet hatte. Halb neigte er dazu, alles für einen Traum zu halten, so wenig Gefühle empfand er. Er hatte sogar aufgehört, daran zu denken, was die Entdeckung bedeuten könnte.

Sein Geist wurde ruhig; er hörte, wie der Wald ihm zurief, dass er nichts zu befürchten habe; und als er in dieser Nacht eine Zeit lang auf dem Balkon saß, stahl sich aus dem murmelnden Wald ein Friede, fast wie eine Ekstase, zu ihm heran und umhüllte ihn. Von diesen umhüllt, schlief er traumlos.

Am nächsten Tag entfernte sich McKay nicht weit vom Gasthaus. Der kleine Wald tanzte fröhlich und winkte ihm zu, aber er beachtete ihn nicht. Irgendetwas flüsterte ihm zu, er solle warten und den See zwischen sich und ihm halten, bis er erfuhr, was dort lag oder gelegen hatte. Und die Ruhe lag noch immer auf ihm.

Nur der alte Gastwirt schien mit den Stunden unruhig zu werden. Er ging oft zur Anlegestelle und suchte das weitere Ufer ab.

"Es ist seltsam", sagte er schließlich zu McKay, als die Sonne hinter den Gipfeln versank. "Polleau wollte mich heute hier treffen. Er bricht nie sein Wort. Wenn er nicht kommen könnte, hätte er einen seiner Söhne geschickt."

McKay nickte, achtlos.

"Da ist noch etwas, das ich nicht verstehe", fuhr der alte Mann fort. "Ich habe den ganzen Tag keinen Rauch aus der Hütte gesehen. Es ist, als ob sie nicht da wären."

"Wo könnten sie sein?", fragte McKay gleichgültig.

"Ich weiß es nicht", die Stimme wurde noch beunruhigter. "Das alles beunruhigt mich, M'sieu. Polleau ist hart, ja; aber er ist mein Nachbar. Vielleicht ein Unfall ..."

"Sie würden es Sie früh genug wissen lassen, wenn etwas nicht in Ordnung wäre", sagte McKay.

"Vielleicht, aber -" der alte Mann zögerte. "Wenn er morgen nicht kommt und ich wieder keinen Rauch sehe, werde ich zu ihm gehen", endete er.

McKay fühlte, wie ihn ein kleiner Schock durchfuhr - morgen würde er wissen, definitiv wissen, was in dem kleinen Wald passiert war.

"Ich würde an Ihrer Stelle", sagte er. "Ich würde auch nicht zu lange warten. Schließlich - nun ja, Unfälle passieren nun mal."

"Werden Sie mit mir gehen, M'sieu?", fragte der alte Mann.

"Nein!", flüsterte die warnende Stimme in McKay. "Nein! Nicht mitgehen!"

"Tut mir Leid", sagte er laut. "Aber ich habe etwas zu schreiben. Wenn Sie mich brauchen, schicken Sie Ihren Mann zurück. Ich werde kommen."

Und die ganze Nacht schlief er, wieder traumlos, während ihn der rauschende Wald wiegte.

Der Morgen verging ohne ein Zeichen vom gegenüberliegenden Ufer. Eine Stunde nach Mittag sah er den alten Gastwirt und seinen Helfer über den See rudern. Und plötzlich wurde McKays Gelassenheit erschüttert, seine heitere Gewissheit geriet ins Wanken. Er schnallte seinen Feldstecher ab und hielt ihn auf die beiden gerichtet, bis sie das Boot an Land gezogen und das Gehölz betreten hatten. Sein Herz klopfte unangenehm, seine Hände fühlten sich heiß an und seine Lippen wurden trocken. Er tastete das Ufer ab. Wie lange hielten sie sich schon im Wald auf? Es musste schon eine Stunde sein! Was hatten sie dort zu suchen? Was hatten sie gefunden? Er schaute ungläubig auf seine Uhr. Weniger als eine Viertelstunde war vergangen.

Langsam tickten die Sekunden dahin. Und es dauerte tatsächlich nur eine Stunde, bis er sah, wie sie an das Ufer kamen und ihr Boot ins Wasser zogen. McKay, die Kehle seltsam trocken, ein ohrenbetäubender Puls in seinen Ohren, beruhigte sich; er zwang sich, gemächlich zum Landungssteg hinunterzuschlendern.

"Alles in Ordnung?", rief er, als sie sich näherten. Sie antworteten nicht; aber als das Ruderboot an die Landestelle stieß, blickten sie zu ihm auf, und auf ihren Gesichtern standen

Entsetzen und große Verwunderung geschrieben.

"Sie sind tot, M'sieu", flüsterte der Gastwirt. "Polleau und seine beiden Söhne - alle tot!"

McKays Herz machte einen großen Sprung, eine rasche Ohnmacht ergriff ihn.

"Tot!", rief er. "Was hat sie getötet?"

"Was anderes als die Bäume, M'sieu?", antwortete der alte Mann, und McKay glaubte, sein Blick bleibe seltsam auf ihm haften. "Die Bäume haben sie getötet. Sehen Sie - wir gingen den kleinen Pfad durch den Wald hinauf, und kurz vor seinem Ende fanden wir ihn durch umgestürzte Bäume versperrt. Die Fliegen schwirrten um diese Bäume herum, M'sieu, also suchten wir dort. Sie waren unter ihnen, Polleau und seine Söhne. Eine Tanne war auf Polleau gefallen und hatte seine Brust zerquetscht. Einen anderen Sohn fanden wir unter einer Tanne und umgestürzten Birken. Man hatte ihm den Rücken gebrochen und ein Auge herausgerissen - aber das war keine neue Wunde." Er hielt inne.

"Es muss ein plötzlicher Wind gewesen sein", sagte der Mann. "Aber ich habe noch nie einen solchen Wind erlebt, wie dieser Wind gewesen sein muss. Es waren keine Bäume umgefallen, außer denen, die auf ihnen lagen. Und bei denen sah es so aus, als wären sie aus dem Boden gesprungen! Ja, als ob sie aus dem Boden auf sie gesprungen wären. Oder, als wenn Riesen sie als Keulen herausgerissen hätten. Sie waren nicht abgebrochen - ihre Wurzeln waren kahl -"

"Aber der andere Sohn - Polleau hatte zwei?" - so sehr er sich auch bemühte, McKay konnte das Zittern nicht aus seiner Stimme heraushalten.

"Pierre", sagte der alte Mann, und wieder fühlte McKay diese seltsame Qualität in seinem Blick. "Er lag unter einer Tanne. Seine Kehle war aufgerissen!"

"Seine Kehle aufgerissen!", flüsterte McKay, "Sein Messer! Das Messer, das ihm die schattenhaften Gestalten in die Hand gedrückt hatten!

"Seine Kehle war aufgerissen", wiederholte der Gastwirt. "Und darin steckte noch der abgebrochene Ast, der es getan hatte. Ein abgebrochener Ast, M'sieu, spitz wie ein Messer. Er muss Pierre erwischt haben, als die Tanne fiel, und ihm die Kehle durchbohrt haben - er ist abgebrochen, als der Baum zu Boden fiel."

McKay stand da und stellte wilde Vermutungen an. "Sie sagten - ein abgebrochener Ast?", fragte McKay mit weiß gewordenen Lippen.

"Ein abgebrochener Ast, M'sieu", die Augen des Gastwirts suchten ihn. "Es lag eindeutig auf der Hand, was passiert ist. Jacques", wandte er sich an seinen Mitarbeiter. "Geh hinauf zum Haus."

Er sah zu, bis der Mann außer Sichtweite schlurfte. "Doch nicht alles ist klar, M'sieu", sagte er leise zu McKay. "Denn in Pierres Hand fand ich ... dies."

Er griff in eine Tasche und zog einen Knopf heraus, an dem ein Streifen Stoff hing. Stoff und Knopf waren einst Teil jenes blutbefleckten Mantels gewesen, den McKay im See versenkt hatte; weggerissen, zweifellos, als der Tod Polleaus Sohn getroffen hatte!

McKay bemühte sich, zu sprechen. Der alte Mann hob die Hand. Knopf und Stoff fielen von ihm ins Wasser. Eine Welle nahm sie auf und trieb sie fort; eine andere und noch eine. Sie sahen schweigend zu, bis alles verschwunden war.

"Sagen Sie mir nichts, M'sieu", wandte sich der alte Wirt an ihn, "Polleau war hart, und harte Männer waren auch seine Söhne. Die Bäume hassten sie. Die Bäume töteten sie. Und jetzt sind die Bäume glücklich. Das ist alles. Und das Souvenir ist verschwunden. Ich habe vergessen, dass ich es gesehen habe. Nur M'sieu sollte besser auch gehen."

In dieser Nacht packte McKay. Als die Morgendämmerung anbrach, stand er am Fenster und schaute lange auf den kleinen Wald. Er erwachte, rührte sich schläfrig wie schläfrige zarte Demoisellen. Er trank an seiner Schönheit - zum letzten Mal - und winkte ihm zum Abschied.

McKay frühstückte gut. Er ließ sich auf den Fahrersitz fallen; der Motor wurde angelassen und brummte. Der alte Gastwirt und seine Frau, die sich wie immer um sein Wohlergehen sorgten, wünschten ihm gute Fahrt. In den Ge-

sichtern der beiden stand volle Freundlichkeit - und in den Augen des alten Mannes etwas von verwirrter Ehrfurcht.

Sein Weg führte ihn durch den dichten Wald. Bald lagen Gasthaus und See weit hinter ihm.

Und singend zog McKay weiter, das leise Flüstern der Blätter folgte ihm, das fröhliche Singen der nadeligen Kiefern; die Stimme des Waldes zärtlich, freundlich, liebkosend - der Wald schenkte ihm zum Abschied seinen Frieden, sein Glück, seine Kraft.

ENDE

Der schreckliche Alte

Von H.P. Lovecraft[3]

Die Herren Ricci, Czanek und Silva wählten die Nacht des 11. April für ihren Besuch. Mr. Ricci und Mr. Silva sollten den armen alten Herrn befragen. Sie fürchteten, dass es eine unangenehme Arbeit sein könnte, den schrecklichen alten Mann über sein gehortetes Gold und Silber zum Reden zu bringen ...

Es war der Plan von Angelo Ricci, Joe Czanek und Manuel Silva, den Schrecklichen Alten aufzusuchen. Dieser alte Mann wohnt ganz allein in einem sehr alten Haus in der Water Street in der Nähe des Meeres, und man sagt ihm nach, dass er sowohl überaus reich als auch überaus schwach sei; eine Situation, die für Männer vom Schlage der Herren Ricci, Czanek und Silva sehr attraktiv ist, denn deren Beruf war nichts weniger würdevoll als Raub.

Die Einwohner von Kingsport sagen und denken viele Dinge über den Schrecklichen Alten, die ihn im Allgemeinen vor der Aufmerksamkeit von Gentlemen wie Mr. Ricci und seinen Kollegen bewahren, trotz der fast sicheren Tatsache, dass er irgendwo in seiner muffigen und ehrwürdigen Behausung ein Vermögen von unbestimmter Größe verborgen hält. Er ist in Wahrheit eine sehr merkwürdige Person, von der man annimmt, dass sie zu ihrer Zeit ein Kapitän von ostindischen Klipperschiffen war; so alt, dass sich niemand daran erinnern kann, wann er jung war, und so wortkarg, dass nur wenige seinen wahren Namen kennen. Zwischen den knorrigen Bäumen im Vorgarten seines gealterten und vernachlässigten Hauses unterhält er eine seltsame Sammlung großer Steine, die seltsam gruppiert und bemalt sind, so dass sie den Götzenbildern in irgendeinem obskuren östlichen Tempel ähneln. Diese Sammlung verscheucht die meisten kleinen Jungen, die es lieben, den Schrecklichen Alten wegen seiner langen weißen Haare und seines Bartes zu verspotten oder die kleinen Fensterscheiben seiner Behausung mit bösen Geschossen einzuschlagen; aber es gibt noch andere Dinge, die die älteren und neugierigen Leute erschrecken, die sich manchmal zum Haus hinaufschleichen, um durch die staubigen Scheiben hineinzuspähen. Diese Leute sagen, dass auf einem Tisch in einem kahlen Zimmer im Erdgeschoss viele seltsame Flaschen stehen, in denen jeweils ein kleines Stück Blei an einer Schnur pendelnd aufgehängt ist. Und sie sagen, dass der schreckliche alte Mann mit diesen Flaschen spricht und sie mit Namen wie Jack, Scar-Face, Long Tom, Spanish Joe, Peters und Mate Ellis anspricht, und dass, wann immer er mit einer Flasche spricht, das kleine Bleipendel darin bestimmte Vibrationen ausführt, als ob es antworten würde.

Diejenigen, die den großen, hageren, schrecklichen alten Mann bei diesen merkwürdigen Gesprächen beobachtet haben, sehen ihm nicht mehr zu. Aber Angelo Ricci und Joe Czanek und Manuel Silva waren nicht aus Kingsport; sie gehörten zu jenem neuen und heterogenen fremden Schlag, der außerhalb des bezaubernden Kreises des Lebens und der Überlieferungen Neuenglands liegt, und sie sahen in dem Schrecklichen Alten nur einen tor-

---

3 Originaltitel: *"The Terrible Old Man"* veröffentlicht im Weird Tales, August 1926

kelnden, fast hilflosen Graubart, der ohne die Hilfe seines verkrampften Stocks nicht gehen konnte und dessen dünne, schwache Hände jämmerlich zitterten. Auf ihre Art tat ihnen der einsame, unbeliebte Alte, den alle mieden und den alle Hunde seltsam anbellten, eigentlich ganz leid. Aber Geschäft ist Geschäft, und für einen Räuber, dessen Seele in seinem Beruf liegt, ist ein sehr alter und sehr schwacher Mann, der kein Konto bei der Bank hat und der seine wenigen Bedürfnisse im Dorfladen mit spanischem Gold und Silber bezahlt, das vor zwei Jahrhunderten geprägt wurde, eine Verlockung und eine Herausforderung.

Die Herren Ricci, Czanek und Silva wählten die Nacht des 11. April für ihren Besuch. Mr. Ricci und Mr. Silva sollten den armen alten Herrn befragen, während Mr. Czanek in der Ship Street, am Tor an der hohen Rückwand des Grundstücks ihres Gastgebers, mit einem Auto auf sie und ihre mutmaßliche metallische Last wartete. Der Wunsch, unnötige Erklärungen im Falle eines unerwarteten polizeilichen Eindringens zu vermeiden, führte zu diesen Plänen für eine ruhige und unauffällige Abreise.

Wie verabredet, machten sich die drei Abenteurer getrennt auf den Weg, um im Nachhinein keinen böswilligen Verdacht aufkommen zu lassen. Die Herren Ricci und Silva trafen sich in der Water Street vor dem Eingangstor des alten Mannes, und obwohl ihnen die Art und Weise, wie der Mond durch die knospenden Äste der knorrigen Bäume auf die bemalten Steine schien, nicht gefiel, hatten sie wichtigere Dinge zu bedenken als bloß müßigen Aberglauben. Sie fürchteten, dass es eine unangenehme Arbeit sein könnte, den schrecklichen alten Mann über sein gehortetes Gold und Silber zum Reden zu bringen, denn alte Seefahrer sind besonders stur und verbohrt. Doch er war sehr alt und sehr schwach, und es waren zwei Besucher da. Die Herren Ricci und Silva hatten Erfahrung in der Kunst, unwillige

Personen gefügig zu machen, und die Schreie eines schwachen und außergewöhnlich ehrwürdigen Mannes lassen sich leicht dämpfen. Also begaben sie sich zu dem einen erleuchteten Fenster und hörten, wie der Schreckliche Alte kindisch mit seinen Flaschen und Pendeln sprach. Dann setzten sie sich Masken auf und klopften höflich an die wettergegerbte Eichentür.

Mr. Czanek kam das Warten sehr lang vor, während er unruhig in dem Auto neben dem Hintertor des Schrecklichen Alten in der Ship Street zappelte. Er war mehr als sonst zartbesaitet, und er mochte die grässlichen Schreie nicht, die er in dem alten Haus kurz nach der für die Tat festgesetzten Stunde gehört hatte. Hatte er seinen Kollegen nicht gesagt, sie sollten so sanft wie möglich mit dem erbärmlichen alten Seekapitän umgehen? Sehr nervös beobachtete er das schmale Eichentor in der hohen, mit Efeu bewachsenen Steinmauer. Oft schaute er auf seine Uhr und wunderte sich über die Verzögerung. War der alte Mann gestorben, bevor er verraten hatte, wo er seinen Schatz versteckt hatte, und war eine gründliche Suche notwendig geworden? Mr. Czanek wartete nicht gern so lange im Dunkeln an einem solchen Ort. Dann spürte er einen leisen Tritt oder ein Klopfen auf dem Gehweg innerhalb des Tores, hörte ein leises Fummeln am rostigen Riegel und sah die schmale, schwere Tür nach innen schwingen. Und im fahlen Schein der einzigen schummrigen Straßenlaterne strengte er seine Augen an, um zu sehen, was seine Kollegen aus dem unheimlichen Haus gebracht hatten, das sich so dicht dahinter abzeichnete. Aber als er hinschaute, sah er nicht, was er erwartete; denn seine Kollegen waren gar nicht da, sondern nur der Schreckliche Alte, der sich ruhig auf seinen verkrampften Stock stützte und hässlich lächelte. Mr. Czanek hatte nie zuvor die Farbe der Augen dieses Mannes bemerkt; jetzt sah er, dass sie gelb waren.

47

Kleine Dinge sorgen in kleinen Städten für beträchtliche Aufregung, was der Grund dafür ist, dass die Leute in Kingsport die ganze Elastizität und den Sommer über von den drei unidentifizierbaren Leichen sprachen, die von der Flut angeschwemmt wurden, schrecklich aufgeschlitzt wie mit vielen Entermessern und schrecklich verstümmelt wie durch den Tritt vieler grausamer Stiefelabsätze. Und manche Leute sprachen sogar von so trivialen Dingen wie dem verlassenen Auto, das in der Ship Street gefunden wurde, oder bestimmten besonders unmenschlichen Schreien, die wahr-scheinlich von einem streunenden Tier oder einem Zugvogel stammten und in der Nacht von wachen Bürgern gehört wurden. Aber an diesem müßigen Dorfklatsch nahm der Schreckliche Alte überhaupt kein Interesse. Er war von Natur aus zurückhaltend, und wenn man alt und gebrechlich ist, ist die Zurückhaltung doppelt so stark. Außerdem muss ein so alter Kapitän in den fernen Tagen seiner unvergessenen Jugend viele Dinge gesehen haben, die viel aufregender waren.

ENDE

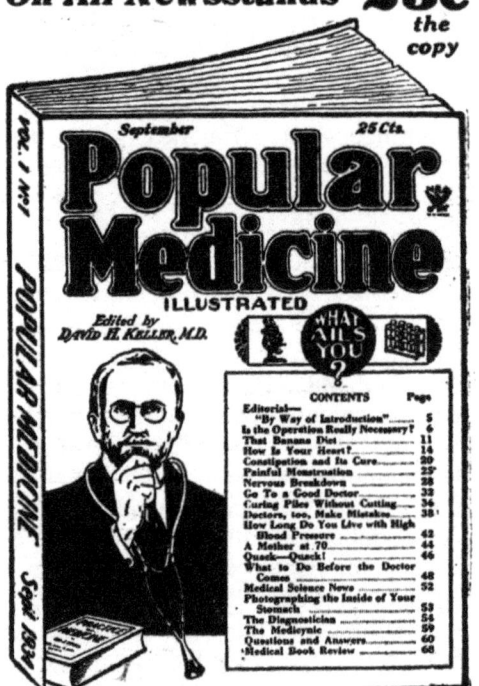

Die Braut des Verrückten

Von Arthur Leo Zagat[4]

Er hatte sie zur Frau genommen - und jetzt, in der Hochzeitsnacht, trug er sie über die Schwelle seines Hauses - in ein Grauen jenseits der wildesten Albtraumvorstellungen!

I. - ANGSTGEFÜHL

Ein goldenes Licht tauchte die großen Reihen leuchtender, bunter Blüten, die sich zu beiden Seiten des Altars auftürmten, in ein pulsierendes Licht, das dem glücklichen Pochen in Ruth Kanes Innerem zu entsprechen schien. Dr. Forbes' gewandte Gestalt war ein verschwommener Fleck gegen diese Pracht, die majestätischen Worte, die er intonierte, ein stattliches Grollen. Irgendwo an der Brüstung standen ihr Vater und Jack Storm, unbeholfen in der ungewohnten Würde der Trauzeugenrolle; und hinter ihr, jetzt durch ein leises, ehrfürchtiges Gemurmel angedeutet, saß die Schar der Freunde und Nachbarn, die gekommen waren, um ihr zu gratulieren. Aber die einzige Realität für Ruth war Rands große Gestalt neben ihr, der starke Griff seiner Finger um ihre Hand, die er nicht mehr losließ, nachdem er ihr den Ring aufgesetzt hatte, und der Schmerz ihrer Liebe zu ihm. Sie hatte nie gewusst, dass Liebe so sehr schmerzen konnte ...

"Ich erkläre euch zu Mann und Frau!" Der Atem von Pent wehte wie ein großer Seufzer durch die Gemeinde. Der erste tiefe Ton der Orgel schallte triumphierend durch die gewölbten Räume der alten Kirche.

In diesem Augenblick explodierte vor Ruth ein Knall, laut und scharf wie ein Pistolenschuss!

Sie schaute erschrocken auf und sah, wie eine gespreizte Hand von Dr. Forbes' Gesicht wich. Der schwarzgekleidete Arm, an dem sie sich befand, gehörte Rand! In dem Augenblick, in dem sie eins geworden waren, hatte er sich nach vorne gebeugt und dem alten Pfarrer mit seiner ganzen großkotzigen Kraft eine böse Ohrfeige verpasst!

Ein empörtes Gebrüll dröhnte aus dem Kirchenschiff. Jemand stieß Ruth zur Seite. Jetzt hatten Jack und ihr Vater Rand im Griff, und er rang mit ihnen, warf sie in einem gotteslästerlichen Kampf auf den Stufen des Altars hin und her. Über ihren wippenden Köpfen konnte sie sein blutüberströmtes Antlitz sehen, das sich in einer seltsamen, berserkerhaften Wut verzerrte. Seine Augen leuchteten in einem grellen, unheimlichen Feuer - und, schrecklich, seine Lippen waren mit einem bestialischen Knurren vom Zahnfleisch zurückgezogen. Er knurrte, grunzte, wie ein wildes, gemeines Tier ...! Ein Schrei zerrte an Ruths Kehle. Aber bevor sie ihn ausstoßen konnte, wurde Rand plötzlich schlaff, die Farbe wich aus seinen Wangen, die geschwollenen Adern bildeten sich zurück, sein Blick wirkte benommen, verwirrt.

---

4   Originaltitel: *"Madman's Bride"* veröffentlicht im Dime Mystery Magazine, Januar 1935

"Schon gut", keuchte er. "Ich bin wieder in Ordnung."

Er taumelte, als sie ihn losließen, fuhr er sich mit einer zitternden Hand über die Stirn. "Krank ...", stöhnte er. "So krank ..."

Ein wütendes Summen schwirrte um das Mädchen aus dem Meer bleicher, glotzender Gesichter unter ihm; aber die Orgel hatte wieder eingesetzt und skandierte die edlen Strophen von Meyerbeers Krönungsmarsch.

Rands Mundwinkel zuckten. "Alles dunkel für eine Minute. Schwindelig."

Dann wandte er sich ihr zu, streckte die Hand nach ihr aus und lächelte - irgendwie wehmütig. Ganz offensichtlich erinnerte er sich nicht mehr an das, was er getan hatte. Aber in seinen Augen lag etwas, das Ruth frösteln ließ, eine lauernde, schreckliche Angst.

"Ruth", sagte er. "Meine Frau!"

Sie kam in den Umarmungsbereich, drückte sich eng an ihn. Seine Lippen, die begierig die ihren für den Hochzeitskuss suchten, waren eiskalt, klamm. Als sie in der Ekstase der endgültigen Gemeinschaft mit dem Mann, den sie liebte, hätte schwärmen müssen, durchfuhr sie ein Schauer der Abscheu. Hinter Rands Schulter lag das hagere, gezeichnete Gesicht ihres Vaters, seine buschigen, eisengrauen Brauen zogen sich über die zornigen Augen. Sie spürte, wie Rands Körper wie der eines verängstigten Kindes zitterte, fühlte das Klopfen seines Herzens in ihrer Brust, und plötzlich überflutete sie Mitleid angesichts seiner Verzweiflung, ergreifendes Mitleid und wiedergeborene Liebe. Liebe, die sich verdoppelte, weil er sie brauchte.

"Mein Lieber", murmelte sie. "Mein Eigener. Mein - Mann." Und sie klammerte sich an ihn, wärmte seine Lippen mit dem Feuer ihrer eigenen ...

"Herzlichen Glückwunsch, Mrs. Parker." "Sie sind reizend, das prächtige Elfenbeinweiß steht Ihnen so gut." "Küssen Sie die Braut." "Gehen Sie gleich? Wir werden Sie vermissen." - "Küss die Braut."

Ein Albtraum, der sich um sie schart, von zwitschernden Frauen, von whiskyatmenden Männern. Von dünnen Lippen und sabbernden dicken, von glatten Gesichtern und stacheligen Schnurrbärten, die den barbarischen Brauch des Küssens der Braut ausüben. Freundliche Menschen, die so tun, als wäre nichts geschehen. Sie tun fast so, als wäre nichts geschehen. Flackerndes, unterdrücktes Entsetzen verriet sie. Ein mitleidiges Flüstern, das sie nicht hören sollte. Gekicher des Entsetzens. Und ein flüchtiger Blick auf Dr. Forbes, statuenhaft, sein reinweißes Haar eine heilige Aureole und der scharlachrote Fleck von Rands Fingern auf seiner blassen Wange leuchtend. Wann würde das vorbei sein? Oh Gott, wann würde es vorbei sein ...?

Ein Raunen, und Köpfe drehen sich. Münder formen kleine O's. Eine Pause im Gedränge. Dort unten, kurz vor der Tür zur Sakristei, stehen Ruths Vater und Rand, Seite an Seite, aber sie sehen sich nicht an. Sie gehen steifbeinig und starr vor Wut, ihre Gesichter starr, wie aus weißem Marmor gemeißelt. Was war geschehen? Sie muss zu ihnen gelangen. Sie muss!

"Entschuldigen Sie mich." Lächle lieblich. Lächeln! "Ich bin gleich wieder da." Lächle, während dir das Grauen das Herz zerdrückt. "Nein, wir gehen jetzt nicht. Erst nach dem Frühstück in den Räumen der Sonntagsschule."

Ruths Seide raschelte den Plüschgang hinunter, und sie fühlte neugierige Augen auf sich gerichtet, Hunderte von Augen, die ihr nachspähten. Aber sie sah nur die kleine gewölbte Tür im Schatten, durch die ihr Vater und ihr Geliebter verschwunden waren; sie wusste nur, dass sie dorthin gelangen musste, dass das, was sich hinter dieser Tür abspielte, für sie lebenswichtig sein würde.

Eine schemenhafte Gestalt tauchte auf unerklärliche Weise an ihrer Seite auf, eine Hand berührte ihren Arm. "Warte, Ruth", ertönte die Stimme von Jack Storm. "Geh da nicht rein."

Sie drehte sich zu ihm um. Seine Wangen wirkten hohl, sein Mund bildete einen schmalen Spalt. Der liebe, treue Jack! Es war grausam von ihr gewesen, ihn zum Trauzeugen ihrer Hochzeit zu machen, als er ... "Bitte, Jack. Halte mich nicht auf. Rand braucht mich."

"Rand! Das ..." Er zügelte sich, verhüllte das schnelle Aufflackern in seinen Augen.

"Er ist jetzt mein Mann, vergiss das nicht. Mein Mann." Sie hatte es nicht so schroff sagen wollen. Seine Lippen verzogen sich mitleidig, und seine Hand fiel von ihrem Arm. Ihre Gedanken glitten weg von ihm, glitten zu dem gedämpften Klang hoher, wütender Stimmen aus dem Sakristeiraum.

"Ich will verdammt sein, wenn du mir meine Tochter wegnimmst!" War es die dunkle Eiche dazwischen, die Vaters Stimme so massiv, so bedrohlich machte? Rands Antwort klang schrill, dünnköpfig vor Leidenschaft. "Deine Tochter! Sie ist meine Frau. In guten wie in schlechten Zeiten, meine Frau!"

In guten wie in schlechten Zeiten! Das Mädchen öffnete die Tür mit eisiger Hand und trat hindurch. Die Tür schlug mit einer seltsamen, dumpfen Endgültigkeit zu. Rand wuchtete sich vor sie hin und stellte sich ihrem kleineren, aber dicklichen und immer noch kräftigen Vater entgegen. Obwohl sie sich in dem Moment, in dem sie die beiden zum ersten Mal sah, weder bewegten noch sprachen, waren ihre Posen elektrisierend vor Herausforderung und Trotz, bebend vor Leidenschaft und fast greifbarem Hass. Der steinerne Bogen einer anderen Tür rahmte sie ein, die Straßentür,

durch die sie eine kurze Stunde zuvor voller Vorfreude und Glück eingetreten war.

"Ruth!" Beide waren beim Klang ihres Eintretens herumgewirbelt, und der gequälte Ausruf brach gleichzeitig aus beiden Kehlen hervor.

Rand stürmte auf sie zu, sein breit geformtes Antlitz purpurrot vor Leidenschaft, seine Augen stählerne, dunkle Kugeln, die bedrohlich glitzerten. Sein linker Arm umschloss ihre Taille, hob sie mühelos vom Boden auf. Er schwang sich herum, und in der anderen Hand hielt er eine gedrungene, stumpfblaue Automatik, die giftig dreinschaute.

"Sie gehört mir!" Erneut knurrte Rand wie ein wahnsinniges Tier. "Meine! Geh zur Seite!"

Er bewegte sich, schritt durch die kleine Kammer. Ruths Vater stellte sich in den Weg, die großen Hände zur Faust geballt, den Kopf stierartig nach vorne gestreckt, geisterbleich, aber unbezwingbar.

"Geht zur Seite, sage ich, oder bei Gott ..." Rands Fingerknöchel wurden weiß. Ein Muskel zuckte an der Basis seines Abzugsfingers, und die Mündung der Waffe stieß in die Weste von Ruths Vater. Ein Schrei entrang sich ihren Lippen.

"Nicht! Töte meinen Vater nicht! Nicht!" Ihre fuchtelnde Hand schlug gegen sein Handgelenk, schlug die Waffe nieder. Die Faust ihres Vaters schnellte nach oben.

Rand wischte den Schlag mit einem Hieb seiner Waffe beiseite, stieß vorbei, wobei seine breite Schulter den älteren Mann taumeln ließ. Sie gingen hinaus in die ruhige Seitenstraße. Die Sonne strahlte weiß um sie herum. Die kleine Tür krachte hinter ihnen, und er hatte sie auf den Sitz seines grauen Roadsters am Bordstein katapultiert, war herumgesprungen und rutschte vors Lenkrad.

Jemand rief - ihr Vater. Auf halbem Weg um den Block bog ein Polizist ab. Der Motor dröhnte, die Gänge klapperten, und Ruth wurde durch den heftigen Sprung des Wagens gegen die Lederkissen zurückgeschleudert.

Hecken, Häuser, ins Graue verschwommen, strömten vorbei. Ein schreiendes Schleudern um eine Ecke, vorbei am weißen, glotzenden Gesicht eines hektisch bremsenden Lastwagenfahrers, dann verschluckte ihre lange, glänzende Motorhaube das triste Band der Middle Road.

Es war noch früh; der Highway lag fast menschenleer da. Sie fuhren nach Norden, und aus der Umgebung der einsamen Bauernhöfe und tristen Kiefernwälder im Landesinneren kam nur wenig Verkehr. Eine höhere Geschwindigkeit war erlaubt, und Rand machte das Beste daraus.

Der Wind schlug Ruth entgegen, raubte ihr den Atem und ließ sie frösteln. Aber er fröstelte sie nicht mehr als die Gewalt, mit der ihre Hochzeit explodiert war, der tragische Konflikt zwischen ihrem Vater und ihrem Ehemann - die Wildheit, die animalische Wut, die Rands geliebtes Antlitz in etwas völlig Unbekanntes, völlig Abscheuliches verwandelt hatte. Was hatte von ihm Besitz ergriffen? Welche wilde Leidenschaft hatte ihn in einen tollwütigen, brutalen Fremden verwandelt, diesen Mann, mit dem ihr Leben nun verschmolzen war - "in guten wie in schlechten Zeiten ...?"

O Gott! All ihre Tage, alle Tage ihres Lebens ... Sie erschauderte ...

Aber jetzt wich die Seltsamkeit aus seinem Gesicht. Falkenhaft sah es immer noch aus, wie der Wind, der sein braunes Haar zurückfegte, von der hohen, geraden Erhebung seiner Stirn strich, falkenhaft und fein gemeißelt. Seine Stirn lag in Falten, und seine Nasenlöcher blähten sich wie bei einer ergreifenden seelischen Qual. Aber er wirkte wieder wie ihr Rand, der Geliebte, der wie ein Wirbelwind durch ihr schläfriges, behütetes Leben gewirbelt und sie fortgetragen hatte, um gemeinsam in unerforschte, ungeahnte Regionen aufzusteigen.

Sein Seufzer klang düster, verzweifelt. Der Wagen verlangsamte sich etwas. "Ich musste es tun, meine Liebe", begann er, gebrochen. "Ich musste es tun. Er wollte dich von mir fernhalten."

Mitleid mit ihm erwärmte sich in ihr - und dann erinnerte sie sich an die Waffe in seiner Hand, die ihren Vater bedrohte. "Aber du hättest ihn erschossen. Du hättest Dad erschossen, wenn ..."

"Nein." Die Einsilbigkeit war ein Pochen des Schmerzes. "Das hätte ich nicht. Ich könnte es nicht. Nicht deinen Vater. Nicht der Vater meiner Geliebten."

Sie liebte ihn. Oh, Gott vergebe ihr, sie liebte ihn! Wie schwer war es, sich von ihm zu lösen, ihr Gesicht in kalte, abweisende Linien zu setzen und zu sagen: "Du erwartest doch nicht, dass ich das glaube, oder? Du wolltest gerade schießen. Wenn ich nicht geschrien hätte ..." Die Szene erschien ihr wieder lebendig vor Augen, und der Schrecken vor ihm bildete wieder einen eisigen Strom in ihrem Blut.

Seine Hände umklammerten fest das Lenkrad. Er saß kerzengerade, unbeweglich. Aber die Linien seines Gesichts zitterten vor Schmerz, und sie spürte, wie sein Geist flehend nach ihr griff. Sein Kopf drehte sich leicht, sodass seine Augen die ihren trafen, und sie blickten düster und gequält.

"Ich hätte nicht geschossen ... Ruth, glaub mir, Liebes. Und hilf mir. Bitte, hilf mir."

Sie fürchtete ihn - ihr Blut wurde kalt aus Angst vor ihm, vor dem Tier, zu dem sie ihn hatte werden sehen. Warum hat sie ihn dann so geliebt? Die Worte zitterten, um sie auszusprechen. Sie wusste nicht, was sie waren, und sie wagte nicht, sie zu sagen.

"Einst", Rands Tonfall klang flach, tot, "hast du gesagt, du liebst mich. Ruth ..."

Weit hinten rasselte ein Put-Put-Put durch die Stille. Ruth drehte sich. Eine Staubwolke raste die Straße entlang, ihr dunkles Zentrum bestand aus einem Motorrad und der nach vorn gebeugten Gestalt seines khaki-gekleideten, gebeugten Fahrers.

Als sie es sah, sprang der Roadster unter ihr nach vorne, scharfe Windstöße streiften sie. Sie drehte sich um. Rands Blick richtete sich angespannt auf die Straße, sein Gesicht leuchtete.

Wütend rasten sie zwischen rauschendem Laub hindurch. Rands Lippe kräuselte sich erneut, um knirschende Zähne und graues Zahnfleisch zu zeigen - während Würmer aus grünem Feuer in seine Augen krochen und sich Sehnen um seinen geschwollenen Hals schlangen. Erneut zerrte die Angst an Ruth, Angst nicht vor der Geschwindigkeit, sondern vor diesem Mann, diesem Fremden, der ihr Ehemann war. Die Angst kroch ihr auf die Haut, und sie schluchzte und krümmte sich unter dem fast festen Schlag des Windes.

Das Auto schaukelte, nahm eine Kurve, drehte sich auf zwei Rädern, während es durch den Wind brauste, gesteuert von einem Wahnsinnigen. Ein Verrückter! Oh Gott, war es das? War das der Grund für Rand ...?

Das Put-Put-Put des folgenden Motorrads folgte dicht dahinter, dicht daneben. Eine stulpenförmige Hand gestikulierte; Licht blitzte abrupt aus einer Waffe, die sie hielt. Rand knurrte, verlangsamte aber - verlangsamte und hielt an. Der Highway-Patrouilleur sprang von seinem Motorrad, stürzte auf sie zu, seine Waffe blendete im Sonnenlicht.

"Parker?", knurrte er. "Rand Parker?" Er stand auf dem Trittbrett, und seine Waffe wurde Rand ins Gesicht gestoßen. "Schnappkünst-

ler, eh. Aber dieses Mal kommst du nicht weit. Streck deine Hände hoch!"

Rands Hände verließen das Lenkrad, hoben sich langsam über seinen Kopf. Ruths Herz pochte. Hier bot sich Rettung, Sicherheit!

Metall klirrte, und die andere Hand des Offiziers wanderte über die Seite des Wagens, Handschellen baumelten. "Geben Sie mir Ihre Handgelenke, während ich Ihnen diese Handschellen anlege."

Die Kieferpartie, die alles war, was Ruth vom Gesicht ihres Mannes sehen konnte, wurde bleich, die Muskeln verkrampften sich. Seine Schultern sackten erbärmlich zusammen.

"Was soll das, Officer?", fragte Ruth plötzlich. "Ich wusste nicht, dass es auf der Middle Road ein Tempolimit gibt." Und sie war erschrocken über das, was sie gesagt hatte, erschrocken darüber, dass sie überhaupt sprach!

Das blühende, grimmige Gesicht des Mannes zuckte zu ihr, die Wetterfalten um seine Augen vertieften sich. "Was zum ...! Das ist keine Geschwindigkeitsübertretung. Das ist ... Hey! Sind Sie nicht Ruth Kane? Sind Sie nicht die Frau, die der Typ entführt hat?"

"Entführt?" Ihre Augen weiteten sich, sie wunderte sich. "Ich verstehe nicht." Was tat sie da, was sagte sie da? Der Polizist kam ihr zu Hilfe und sie machte ...

"Kidnapping. Ist das nicht Parker, der Sie entführt? Ich habe einen Hinweis auf dem Funkgerät, dass ..."

"Entführung!" Ruths Kopf fiel zurück und sie lachte schrill, ein dünnes, hysterisches Lachen. "Rand! Schatz!", stotterte sie. "Hast du das gehört? Jack und Dad müssen es gewesen sein. Ich habe gesehen, wie sie miteinander geflüstert haben, kurz bevor wir losgefahren sind."

Dann, zum Offizier gewandt: "Mr. Parker ist mein Mann. Wir haben gerade in der St.-James-Kirche in Midville geheiratet und fah-

53

ren jetzt in die Flitterwochen. Mein Vater und unser Trauzeuge spielen uns einen Streich."

Der Streifenpolizist funkelte sie an. "Na, ich will verdammt sein." Sein Revolver senkte sich langsam, und die Handschellen. "Und ich hätte mir fast das Genick gebrochen, als ich Sie gejagt habe."

Rands Arme fielen herunter; er fummelte in seiner Tasche. "Mir scheint", kicherte er, "dass der Witz eher bei Ihnen als bei uns liegt." Etwas Grünes knisterte zwischen seiner Hand und der des Polizisten. "Wollen Sie auf unser Glück trinken?"

Der Mann grinste. "Das werde ich, und ich meine es ernst. Ich wünsche Ihnen viel Glück, Sir. Das beste Glück."

"Das habe ich schon. Das Allerbeste." In Rands Stimme lag Jubel und eine fast ekstatische Freude: "Auf Wiedersehen, Officer."

"Auf Wiedersehen und nochmals viel Glück."

Das Motorrad setzte sich in Bewegung. Rand drehte sich zu Ruth, nahm sie in die Arme. "Oh, meine Liebe. Meine Liebste. Meine Frau."

"Sei gut zu mir, Rand", murmelte Ruth gegen seine gierigen Lippen. "Oh, sei gut zu mir. Mach mir keine Angst mehr. Bitte lass mich nicht mehr verängstigt sein."

"Ich werde es versuchen, Liebes. Ich werde versuchen, es nicht zu tun. Aber du musst mir helfen."

Müdigkeit und die lange, eintönige Fahrt hatten Ruth in den Schlaf gewiegt. Sie erwachte mit einem Schreck in der grauen Dämmerung, über der sich die umgedrehte, trübe Wölbung eines bedeckten Himmels spannte. Die Straße erstreckte sich noch immer unendlich weit vor ihr, ein Band aus hellem Grau zwischen flachen, graubraunen Feldern, auf denen sich kein Lebewesen zu bewegen schien. Rand bildete ein stummes, gemeißeltes Bild neben

ihr, das mit grübelnden Augen vor sich hinblickte, und unter ihr hörte man das rollende Zischen der Reifen und winziges Klappern, wenn Kieselsteine gegen die Kotflügel spritzten. Sonst gab es kein Geräusch, absolut kein Geräusch, das die unheimliche Stille des ausklingenden Tages auflockern konnte. Die trostlose Landschaft schien so unveränderlich zu sein, dass es dem Mädchen fast so vorkam, als stünden sie ganz still und würden in einer Tretmühle rollen, die sich bis zum Ende der Zeit ewig unter ihnen drehen würde.

Midville lag weit zurück, mit seinen schmucken, weißen Häusern und seinen gepflegten Gärten. Ihr angetrauter Mann lag weit zurück, ihre Freunde und ihr strenger, aber freundlich blickender Vater. Es war, als befände sie sich in einem fremden, fernen Land und wanderte allein.

Nein, nicht allein. Mit diesem Mann, für den sie seltsamerweise alles aufgegeben hatte, was ihr lieb war. Dieser Fremde! Wer war er? Was war er?

Das Mädchen schluckte vor plötzlicher Panik, als ihr bewusst wurde, wie wenig sie von Rand, von ihrem Mann, wusste. Vor drei Wochen hatte Jack Storm angerufen und sie gefragt, ob er einen Klienten vorbeibringen könnte, der wegen eines Rechtsstreits für eine Weile in der Stadt sein musste. Und ein großer junger Mann mit unbewegtem Gesicht kam in der Abenddämmerung mit ihm durch ihren Garten. Während sie auf der Veranda warteten, hatten sich ihre Blicke getroffen. Ein paar Informationen hatten sie ausgetauscht, und - es hatte niemanden, niemanden auf der ganzen Welt für sie gegeben außer Rand Parker.

Nichts hatte sie abgeschreckt, nicht die Beunruhigung ihres Vaters, nicht Jacks verzweifeltes Flehen. Jetzt war sie Rands Frau, ihr Leben unwiederbringlich mit seinem verschmolzen ... Sein Leben gehörte ihr. Das Grauen, das in seinen Augen brütete, als sie das trostlose

Land betraten, das ihr Land sein würde, als sie sich seinem Zuhause näherten, das ihr Zuhause sein würde, dieses Grauen hatte sich auch in ihren Augen gezeigt.

Es lag ein bleierner Klumpen in ihrer Brust, eine krabbelnde Angst in ihrem Blut, vor irgendeiner unbekannten Bedrohung, die irgendwo auf dieser leeren Straße wartete. Diese Straße, die sich unmerklich für lange, graue Meilen anhob, bis sie abrupt gegen den Himmel endete - als ob dahinter eine Leere wäre, ein riesiges, schreckliches Nichts.

Und plötzlich, gerade als sie diese Dinge fühlte, sah die Straße nicht mehr leer aus. Vor ihr, so weit voraus, dass es zuerst nur ein schwarzer Fleck vor dem Grau schien, stapfte eine einsame Gestalt dem unheilvollen Horizont entgegen. Selbst in dieser Entfernung wirkte sie müde, furchtbar müde.

In dem Moment, in dem Ruth die Gestalt erblickte, glitt ein Fluch durch Rands angespannte Lippen, und der Wagen schoss mit hoher Geschwindigkeit vorwärts. Es zog die stapfende Gestalt näher heran. Das Mädchen sah nun, dass es sich um eine Frau handelte, schwarz vermummt, schwarz gekleidet, gebeugt vor Alter. Der Roadster war wie ein Moloch, der durch die Dämmerung raste - direkt auf die alte Frau zu, die nicht wusste, dass der Tod über sie hereinbrechen konnte.

Eine albtraumhafte Lähmung hielt Ruth fest; sie konnte sich nicht umdrehen, sie konnte nicht schreien. Die Frau befand sich nur noch etwa hundert Meter entfernt als Silhouette auf dem Kamm. Sie drehte sich kurz um, und im Schatten ihrer Kapuze sah ihr Gesicht leichenhaft aus, wie ein Totenschädel, die vergilbte, pergamentfarbene Haut straff gezogen.

Sie tauchte hinter den Kamm der Straße ab. Der Roadster brauste darüber hinweg. Und ein stummer Schrei zerriss Ruths Kehle ...

Da war niemand auf der Straße! Langsam ging es nun bergab, und in Kurven dehnte sich der Beton aus, völlig leergefegt. Auf beiden Seiten lagen flache, baumlose Felder, und eine Meile weiter lag der Highway in Sichtweite. Nirgendwo konnte die Frau hingehen, nirgendwo konnte sie versteckt sein. Dort vorne, das stimmt, bog der Weg hinter einem mageren, geraden Schirm aus Pappeln ab, aber sie konnte ihn in der verstrichenen Zeit nicht erreicht haben ...

Die Bremsen quietschten. Der Wagen wurde langsamer, rollte bis zu den Pappeln und kurz dahinter. Er hielt an.

Ruth hörte ein bebendes Seufzen von der Seite. Aber ein kalter Schauer durchfuhr sie, und ihre Kopfhaut zog sich vor Angst zusammen - vor der Straße, vor der alten Frau in Schwarz, die sich aufgelöst hatte, und vor Rand. Vor allem vor Rand. Wieder einmal hatte sie Angst vor ihrem Mann. Vor ihrem Mann! Wahnsinniges Lachen bebte in ihrer Brust, als sie das Wort dachte. Ihr Mann!

Was war er? In Gottes Namen, was war er? Was für eine seltsame Wut hatte ihn entflammt, dass er Dr. Forbes ohrfeigte, dass er ihren Vater mit einer Pistole bedrohte, dass er den tonnenschweren Wagen auf eine harmlose alte Frau allein auf einer einsamen Straße losließ? War er ein Wahnsinniger? Ein Dämon? Ihre Lippen zuckten. Sie musste schon sehr verängstigt sein, um das zu denken ... Aber er konnte so zärtlich sein, seine Anbetung konnte sie in unbeschreiblicher Wärme an ihn fesseln. Seine Stimme konnte so vor Liebe zu ihr erbeben. Wie so oft zuvor. Wie jetzt!

"Da sind wir, meine Liebe. Endlich sind wir da!" Sanft, mit nur einer Spur von angenehmer Erregung.

Ruths verschwommene Sicht klärte sich. Rechts setzte sich die ebene Einöde fort, durch die sie so lange gefahren waren. Auf der linken Seite - gütiger Gott - auf der linken Seite schirmten die dunklen, schwankenden Pappeln einen Friedhof ab! Der uralte Friedhof fiel sanft von der Straße ab, und seine Grabsteine ragten aus dem verfilzten Unkraut und den Ranken, die ihn überwuchert hatten, wie verfaulte, verunstaltete Reißzähne aus den verkrüppelten Kiefern eines unmöglichen, gigantischen Monsters.

Nur einer der Grabsteine war neu. Er stand direkt am Straßenrand, und Ruth las die Inschrift, erst mechanisch, dann mit einem unruhigen Rühren.

GRESHAM PARKER

1866-1934

Lebend lehrte er uns, wie man lebt;

Sterbend, wie man stirbt.

Gibt es einen Anderen, der einen

solchen Anspruch auf Unsterblichkeit erheben kann?

Betet nicht für ihn, sondern für die, die er zurückgelassen hat.

Jenseits lagen düstere Schatten schwer im Gestrüpp, schwarz und unheilvoll, und in der Mitte des Gräberfeldes bedeckte ein tieferer Schatten den Boden. Es war der Schatten eines hoch aufragenden Mausoleums, noch vollständig, aber verschmiert mit schleimigem Grün, irgendwie verfallen, irgendwie toter als die Toten, für die es errichtet wurde. Ansonsten gab es keinen Anblick eines Hauses, nicht die geringste Andeutung eines menschlichen Wesens ...

Eine schreckliche Vorahnung ließ Ruths Blut gefrieren. "Hier?", quetschte sie zwischen starren Lippen hervor. "Hier? Wo?"

Rand deutete auf das dürre Grab, das sich vom schaurigen Himmel abhob. "Hier, Liebes. Zuhause. Das ... ist dein Zuhause."

II. - IN DER GRUBE

RUTH unterdrückte einen Schrei. Heimat! Das Grauen betäubte sie wie ein physischer Schlag, sodass sie starr dasaß, ihr Herz wie im Tod stillstand, ihr Körper von Eis umhüllt war. Die Krallen des Grauens gruben sich in ihre Brust, in ihr schreiendes Gehirn. Sie würgte, und die graue, unheimliche Welt kreiste schwindelerregend um sie in einem irren Wirbel, in dem nur zwei Dinge stillstanden. Die monströse Gruft tauchte auf, fensterlos und irgendwie blind mit der schrecklichen Blindheit der Verdammten, ihre große Bronzetür grünlich phosphoreszierend, schleimig, verdorben. Und Rand beugte sich über sie, gigantisch in ihrer verzerrten Sicht, gigantisch und furchterregend, seine Zähne blitzten mit einem weißen, furchterregenden Grinsen auf, als seine Arme um sie herumglitten. Und seltsamerweise spürte sie diese Berührung überhaupt nicht.

Die Worte tropften aus seinem Lächeln und versengten sie. "Du kennst den schönen Brauch, meine Liebe", sagte er. "Dass der Bräutigam seine Braut über die Schwelle ihres zukünftigen Heims trägt?" Sie kannte ihn. Wie jedes andere Mädchen hatte sie von der Zeit geträumt, in der sie in den Armen ihres Geliebten das Tor zum Glück durchschreiten sollte. Und jetzt ... Er hatte sie hochgehoben. Sie lag in seinen Armen und er trug sie über den Friedhof.

Schatten, die mehr und weniger als Schatten waren, glitten lautlos durch den Wildwuchs, der sich von menschlichen Knochen ernährt hatte. Ranken, die von der grauen Dämmerung ergraut waren, wickelten sich um Rands Beine, ließen sie widerstrebend los. Der schwarze Schleier der Nacht senkte sich lautlos herab, aber das sich nähernde, hoch aufragende Grab leuchtete fahl mit einem unheimlichen Schein von Verwesung und Verfall. Heimat! Die Grabsteine bildeten eine geisterhafte Schar um sie herum, und dunkle Schwingen flüsterten über ihr.

Rand erreichte die Stufen, erodierte Stufen, die einst stolz weiß waren. Seine Schritte polterten dumpf auf einem Teppich aus Moos, als er hinaufstieg. Alles andere wurde von dem riesigen Portal ausgeblendet, über dessen unheilvolle Höhe ein Schatten huschte. Flügel schlugen, und eine Fledermaus tauchte aus der Finsternis auf und stürzte sich direkt auf Ruth. Irgendwie war das der letzte, unerträgliche Hauch des Grauens. Ein Schmerzensschrei durchbrach die Stille, ein Schrei aus ihrer eigenen Kehle - und Schwärze explodierte in ihrem Schädel, verschlang sie in gnädigem Vergessen.

* * * * *

ALS Ruth sich aus der schwelenden Dunkelheit wieder aufrichtete, empfand sie als Erstes das Gefühl, mit dem sie in die Dunkelheit hinabgestiegen war. Ihr Körper pochte vor Entsetzen. Das Grauen bildete ein stählernes Band, das den Puls ihrer Schläfen einschnürte. Angst schickte winzige Erschütterungen durch ihre schlanke Gestalt. Verzweiflung kroch in ihren Adern.

Was war es, das sie geheiratet hatte? War er überhaupt ein Mensch, dieser Mann, der sie durch graue Trostlosigkeit in ein verrottendes Grab gebracht hatte? Ihr Mann! O Gott! Er war ihr Ehemann, und das Haus, in das er sie gebracht hatte, war eine verfallene Gruft, voller Fäulnis. Was nun? Welches grausame Schicksal erwartete sie in dieser Behausung der Toten?

Seltsam. Wärme umgab sie und drang in ihr kühles Inneres ein. Der Boden, auf dem sie lag, schmiegte sich weich an ihren kräftezehrenden, zitternden Körper, und die warme Luft, die sie atmete, hatte nicht den Hauch von Verderbnis. Vorsichtig, ängstlich, öffnete sie die Augen - und keuchte.

Sie lag auf der Seite auf einer Couch, einer bequemen, fast luxuriösen Couch. Auf der anderen Seite des großen Raumes sah sie Flammen, die fröhlich in der tiefen Nische eines anmutigen Kamins tanzten. Ihr Licht spiegelte sich in dem glühenden, rubinroten Schimmer eines prächtigen Sarouk-Teppichs, der die große Fläche des Fußbodens bedeckte. Vor dem Kamin befand sich ein mit weißem Damast gedeckter kleiner Tisch, auf dem ein glitzerndes Service für zwei Personen stand.

Unmöglich! Nein, das andere konnte unmöglich sein, der Albtraum, in dem es um eine graue, endlose Straße ging, die sich in die Unendlichkeit erstreckte, um eine schwarz gekleidete Hexe, die sich aufgelöst hatte, um einen Friedhof und eine Grabstätte. Erschöpft schlief sie auf der langen Reise ein, hatte fürchterlich geträumt. Es war ein Traum gewesen. Natürlich war es ein Traum gewesen. Aber er kam ihr so furchtbar real vor.

Ruth seufzte erleichtert auf. Ihre Lider schlossen sich wieder, als sich die wohlige Wärme des Feuers über sie legte. Eine Tür öffnete und schloss sich, irgendwo. Schritte flüsterten über den Teppich. Sie spürte, dass Rand über ihr stand, spürte, dass er sich neben sie gekniet hatte. Sein Arm lag über ihren Brüsten, seine Hand glitt unter ihre Achselhöhle, unter ihre Schulter. Seine Lippen lagen in einem langen Kuss auf ihren, und ihre erwiderten den Kuss. Angst, Furcht verschwanden in der Ekstase dieser Umarmung. Er ist ihr Mann, ihr Geliebter, ihr anderes Ich ...

"Meine Süße." Allein seine Stimme klang wie eine Liebkosung. Ruths Augen öffneten sich noch einmal, blickten in seine unergründlichen Tiefen, in denen Liebe glühte. Aber da lag auch Schmerz und Leid. Und eine lauernde Angst. Eine Hand schien sich um das Herz des Mädchens zu legen, und sie sehnte sich danach, seine unerklärlichen Qualen zu lindern. Ihr Arm stahl sich um seinen Hals und zog seinen Kopf sanft an ihre Brust. Sein Kopf schmiegte sich an sie wie der eines müden Kindes.

Ein neuer Scheit fing im Feuer Flammen, flackerte auf. Finger von orangeroter Leuchtkraft streckten sich an den Wänden des Raumes empor, und Ruth sah, dass sie aus feuchtigkeitsdurchtränktem, grünverschmiertem Marmor bestanden, fensterlos waren und sich zu schwarzen, undurchdringlichen Schatten erhoben, die unter einem unsichtbaren Dach brüteten! Sie sah, dass diese sepulkralen Wände ungebrochen blieben, bis auf eine Seite, wo die raue, grünspanig patinierte Bronze die Innenseite der Tür bildete, die sie in ihrem Traum gesehen hatte.

Dann war es kein Traum gewesen! Der Schrecken schnürte ihr erneut die Kehle zu, doppelt so heftig wegen der kurzen Erleichterung, und ein langer Schauer durchzuckte sie. Rands Kopf hob sich. Seine Augen bohrten sich in die ihren, Augen, die mit gespenstischer Angst aus einem fahlen Gesicht starrten.

Sein Mund zuckte, und ein Flüstern, heiser vor Entsetzen, entglitt ihm. "Angst? Hast du auch Angst, meine Liebe, vor dem Tod?"

"Vor dem Tod?" Es war nicht der Tod, den Ruth in diesem Moment fürchtete. "Warum sollte ich Angst vor dem Tod haben?"

"Warum?" Ein hysterisches Krächzen. "Wie kannst du anders denken? Unausweichlich völlig ausgelöscht zu werden - du, der du denkst und träumst und liebst - plötzlich nichts mehr zu sein, unausweichlich zu enden - wie eine Kerzenflamme endet, wenn man sie ausbläst - wie kannst du ..."

Rands Schreckensschrei, schrecklicher als jeder, den sich das Mädchen vorstellen konnte, brach ab. Jetzt lauschte er, hörte aufmerksam zu. Die Muskeln seines Gesichts verzogen sich in einem Paroxysmus der Angst, der in seinen Augen wie zwei schwarze Flammen aufloderte ...

Seine Hand krallte sich an Ruths Brust. Der Feuerschein in dieser Totenkammer schien seine Leuchtkraft zu verlieren. Ein unsichtbarer Schatten erfüllte den Raum, eine schreckliche Präsenz, die man weder sehen noch hören konnte. Auch Ruth lauschte jetzt, ihr kribbelte es im Nacken. Und ein Geräusch drang zu ihr durch. Ein winziges Zischen, ein winziges, sang- und klangloses Kratzen. Es wurde dunkler im Raum. Unheimlich wurde es immer dunkler, obwohl das Mädchen noch das Knistern des Feuers hörte. Bewegte Luft fuhr ihr mit kalten Fingern durch die Haare.

Das Kratzen kam von dem bronzenen Portal und es bewegte sich! Es öffnete sich langsam, langsam ... Ein großer Riss zeigte sich zwischen seinen Türflügeln von der Schwelle bis zu der Düsternis, die ihre Oberseite verhüllte. Das schwindende Licht sickerte hinein. Ruth sah eine undeutliche dunkle Masse in der Öffnung, sah knorrige, haarige Finger an der Türkante rütteln. Sie sah eine Hand hereinkommen, eine geballte Hand, die den Griff eines rostigen Messers umklammert hielt. Und dann verschwand das Licht ganz und gar!

Die Dunkelheit verschluckte Ruth. Metall klirrte widerhallend. Rand wimmerte. Sein Druck auf ihren straffen Körper war weg. Füße wippten in der Schwärze. Schweres, keuchendes Atmen erklang überall. Rand steckte irgendwo in der Schwärze und jemand, etwas anderes, befand sich ebenfalls dort.

Das schwache Flüstern von Stoffen, das Schlittern verstohlener Füße, das leise Klopfen von Fleisch gegen irgendeine Einrichtung belebten die plutonische Lichtlosigkeit für Ruth mit schleichendem, ängstlichem Leben. Der Tod pirschte durch die Dunkelheit in seiner eigenen Behausung, jagte ihren Mann, jagte ihren Geliebten. Und sie selbst hätte eine Leiche sein können, so kalt, so atemlos, so starr lag sie.

Aber ihre Kehle schmerzte, röchelte von unausgesprochenem Schreien, und Angst wühlte in ihr. Angst um sich selbst, unsagbare Angst um Rand. Es handelte sich nicht nur um den Tod, der in der Finsternis herumschlich. Es war etwas Schlimmeres als der Tod. Ein unaussprechliches Schicksal. Die Lichtlosigkeit des ewigen Grabes umgab sie und die feuchte Kälte des Grabes, und darin pirschte sich das Grauen an eine bleiche Beute heran.

Ihre Liege rüttelte, als etwas gegen sie stieß. Schleimiger, fauliger Stoff streifte über ihr Gesicht und hinterließ den Gestank von Verderbnis in ihren geblähten Nasenlöchern. Direkt über ihr schlug ein weicher Körper auf. Jemand knurrte. Ein unsichtbarer Kampf wogte über ihr, umso furchterregender wegen seiner grimmigen Stille. Es gab nur das dumpfe Klopfen von stampfenden Füßen, ein gedämpftes Grunzen, überhaupt nicht menschlich, ein Zischen von sich aneinander reibenden Körpern, um einen Fortschritt zu verraten. Aber sie wusste, dass Rand und das - was auch immer es sein mochte, das kam, um ihn zu jagen - in einen tödlichen Kampf verwickelt waren.

Wenn nur diese Lähmung des Schreckens sie nicht hilflos an ihre Liege ketten würde. Könnte sie sich doch nur bewegen, aufspringen, Rand helfen. Rand helfen - aber wie? Sie konnte ihn nicht sehen, sie lag völlig geblendet da, sie konnte nicht sagen, wo er sich befand, konnte ihn nicht von seinem Widersacher unterscheiden. Wie konnte sie ihm helfen?

Die unsichtbare Schlacht wurde jetzt noch lauter. Tierische Geräusche drangen hervor, Geifern, Grunzen, und wieder das markerschütternde Knurren, das sie schon zweimal gehört hatte. Der Kampf wirbelte herum ...

Dann kreischte Rand - einmal! Schrecklich. Dieser einzelne Schrei furchtbarer Qualen durchtrennte die Dunkelheit, durchtrennte die psychischen Fesseln, die sie festhielten. Ruth hievte sich von der Couch, stürzte sich auf das Geräusch, ihre kleinen Fäuste fuchtelten.

"Rand!", schrie sie. "Rand! Du ..." Ihre Fäuste trafen auf kaltes, klammes Fleisch in der Dunkelheit, Fleisch, das keine Festigkeit hatte, das unter ihrem Aufprall zitterte, geleeartig und widerstandslos, als wäre es längst dem Verfall preisgegeben. Einmal. Zweimal. Dann hämmerte eine lärmende Masse auf ihren Kopf, schlug sie nieder, schmetterte sie zu Boden und ließ sie dort halb betäubt liegen, unfähig, sich im Moment zu bewegen.

Aber sie konnte immer noch hören. Sie hörte ein langsames Gleiten über den Boden, das Ziehen eines schweren Körpers, ein Stöhnen vor Schmerz. Sie hörte das Kreischen bronzener Scharniere, die aufgeklappt wurden, und das Klirren des sich schließenden Portals. Und da wusste sie, dass Rand, ihr Rand, nicht tot war - nicht tot, sondern verletzt und in der Gewalt des grausigen Dings, das unheimliche Dunkelheit mit sich gebracht hatte und den Gestank eines ungeweihten Grabes.

Dieser Gestank lag noch immer in der Luft, aber die Dunkelheit lichtete sich. Unheimlich, wie sie gekommen war, verblasste die Schwärze. Wuchernde Dinge nahmen in einem grellen Schein Gestalt an, der sich zum Licht des Feuers vertiefte, das nicht erloschen war, das wohl nie erlischt, auch wenn sein Glanz völlig zum Erliegen kommt. Das zurückkehrende Licht waberte über die unpassend eingerichtete Stube in einer Gruft, und Ruth sah, dass sie allein dalag, ganz und gar allein.

Das Mädchen wimmerte und blieb da liegen. An den Rändern des Feuerscheins, der nun nicht mehr ganz die Wände des Zimmers erreichte, zeichneten sich formlose Schatten ab, die ungreifbare Ängste verhüllten. Das Feuer verblasste und flackerte, und das, was es verbarg, wogte auf sie zu, zog sich zurück und wogte wieder auf sie zu.

Der Teppich, auf dem sie lag, hatte die Farbe von Blut - feucht, fleckig in einer dunklen Lache direkt an ihrer Seite! Ruths Augen weiteten sich, als sie auf die glitzernde Pfütze starrte. Ihre Hand kroch dorthin, ihre Finger berührten diese. Die Pfütze war warm, noch warm, und die Spitzen ihrer Finger, wo sie diese berührt hatte, färbten sich scharlachrot. Es handelte sich um Blut. Sein Blut. Rands Blut!

Das verrostete Messer, das eine zottelige Hand durch die sich öffnende Tür der Gruft stieß, hatte seinen Platz in Rands Fleisch gefunden. Rand war verwundet, furchtbar verwundet, und der, der ihn angriff, hatte ihn weggetragen - um ihn zu erledigen! Ja! Da waren noch andere Flecken auf dem Teppich, eine Spur davon, und diese Spur führte direkt zur Tür!

Ruths kleine Hände schlugen auf den Teppich und ein roter Zornesausbruch brodelte in ihrem Gehirn. Plötzlich stand sie auf, taumelte zur großen bronzenen Barriere, ihre Lippen zogen sich wie ein enger Spalt über ihr fixiertes Gesicht, ihre Augen glühten vor Wut. Nein! Das verdammte Ding konnte ihn nicht töten. Sie würde es nicht zulassen. Sie würde nicht zulassen, dass es ihren Mann tötet!

Sie erreichte das Portal und starrte darauf. Es gab keinen Knauf, nichts, womit sie es öffnen konnte. Großer Gott! Sie konnte nicht raus. Sie konnte nicht raus, um Rand zu helfen, um ihn zu retten. Warum war da kein Knopf? Aber natürlich! Die Toten brauchen keinen. Die Toten erheben sich nie, um ihr Grab zu verlassen!

Aber sie war nicht tot, sie lebte. Und sie musste raus. Das musste sie. Rand ...

Dünn durch die Bronze bebte ein Schrei von außen. Oh Gott! Oh erbarmungsloser Gott!

Das war Rand, das musste Rand sein. Er lebte noch! Er schrie um Hilfe!

Ruth stürzte sich auf das unnachgiebige Metall, schlug dagegen. Es stand unbeweglich da, schwerfällig, als wäre es in Felsen eingebettet. Sie verlagerte den Angriff, grub ihre Nägel in den fadenförmigen Spalt zwischen seinen riesigen Flügeln, brach ihre Nägel bis zum Anschlag in diesen undurchdringlichen Spalt und bemerkte nicht den Schmerz, bemerkte nicht das sickernde Blut.

Durch ihr eigenes Wimmern, ihr verblüfftes Jammern hindurch hörte sie Rand wieder schreien, und der klägliche Laut klang von Qualen geprägt. Er stand da draußen, schrie um Hilfe, schrie zu ihr um Hilfe gegen das grässliche Ding, das er fürchtete und das ihn geholt hatte, und sie konnte nicht zu ihm gelangen. Verrückterweise wurde sie hier drinnen eingesperrt und konnte nicht herauskommen, um ihm zu helfen.

Mit wilden Augen starrte Ruth durch den Raum und suchte nach etwas, mit dem sie die bronzene Barriere aufbrechen konnte, um sie zu überwinden.

Und sie sah eine weitere Tür, dort neben dem Kamin! Eine kleine Holztür - durch sie musste Rand gekommen sein, als sie die Augen geschlossen hatte. Gab es einen anderen Ausgang?

Ruth stürzte sich quer durch den Raum dorthin und prallte gegen einen schweren Stuhl, ohne den Schock des Aufpralls zu spüren. Sie krallte sich an den Knauf der kleinen Tür, drehte ihn, zog ihn zu sich heran. Die Tür öffnete sich, und sie trat hindurch. Sie befand sich in einem muffig riechenden Gang. Licht drang hinein, und sie sah das niedrige Dach, die feucht-geschwärzten Wände, den Lehmboden. Dann bog der Gang ab, schnitt das Licht ab, und ihre rennenden Schritte hallten hohl aus einer weiten, schwarzen Ferne wider.

Der Gang drehte sich, drehte sich wieder. Stein ritzte ihr Gesicht, ihre Arme, ritzte die Haut von ihr, als die gekrümmten Wände erste Hinweise auf unsichtbare Wendungen gaben. Sie verlor jeglichen Richtungssinn, jegliches Zählen der Zeit. Es schien ihr, als würde sie seit Ewigkeiten durch undurchdringliche Dunkelheit rennen, durch einen sich schlängelnden Gang, der muffige, feuchte Erde durchbohrte. Grabesgestank lag ihr in der Nase, unsichtbare Kreaturen des Schleims huschten vor ihr her, schlurfend und grauenvoll. Der Aufprall ihrer Schritte klang laut in diesem geschlossenen Raum.

Sie rutschte aus, fiel hin ...

Und während sie keuchend dalag, hörte sie hämmernde Schritte hinter sich, ein heraneilendes Donnern von Schritten, die das Donnern ihres eigenen wahnsinnigen Laufs verdeckt hatte. Sie war nicht allein! Sie war nicht mehr allein. Etwas folgte ihr durch die stinkende Dunkelheit. Etwas verfolgte sie.

Sie würgte einen Schrei des puren Schreckens hinunter, kämpfte sich auf die Beine. Ihre Hand schlitterte im Schleim. Sie rollte sich, um besseren Halt zu finden.

Die Erde gab unter ihr nach! Sie stürzte - stürzte ... Ein paar Meter und sie kam im weichen Lehm zum Stehen.

Keuchend spuckte sie Erde aus ihrem verdreckten Mund und wusste, dass der Aufprall desjenigen, der sie verfolgte, ihr nahe war. Sie spannte sich im Bann des neuen Schreckens an, bereit, sich seinem Ansturm zu stellen.

Aber die Schritte hämmerten genau über ihr, hämmerten vorbei, wurden schwächer und schwächer in der Ferne.

Dieser Ausrutscher, dieses beängstigende Abrutschen brachte ihr Glück. Es hatte sie in eine Vertiefung des dunklen Tunnels geschleudert, hatte sie aus dem Weg geworfen, was auch immer sie verfolgte, hatte sie in der

Schwärze überholt. Wenn sie jetzt umkehrte, zurück in die Gruft, wäre sie in Sicherheit. Sie könnte die kleine Tür abschließen, die bronzene verriegeln, und wäre in Sicherheit.

Aber sie hatte bereits versucht, aus diesem Raum zu Rand zu gelangen, und scheitert. Dieser Tunnel musste irgendwo und irgendwann ins Freie führen - ins Freie, in unvorstellbare Gefahr und zu Rand. Er konnte nicht ewig unter der Erde weitergehen. Hinten lag vergleichsweise Sicherheit, vorne lauerte Gefahr, eine Gefahr, die umso schrecklicher wirkte, als man ihre Natur nicht kannte.

Ruth kletterte aus der Vertiefung und wandte sich ab - weg von der Grube, die diesmal ein Zufluchtsort war. Auf die Dunkelheit vor ihr und ihre unbekannte Bedrohung zu. Auf Rand zu.

Ein kühler Windhauch umspielte ihr Gesicht. Irgendwo dicht vor ihr musste eine Öffnung zur Außenwelt existieren. Ruth rannte wieder, rannte, obwohl die Angst ihre Muskeln verkrampfte, ihren Atem einschnürte.

Eine gekrümmte Wand wich ihr wieder aus. Vor ihr zeigte sich ein Oval aus Licht, schimmerndem Licht, das Dunkelheit gewesen wäre, hätte es sich nicht von der stygischen Finsternis abgehoben, durch die sie so lange gegangen war. Ruth spurtete weiter ...

Dann sah sie, wie der Schimmer von einer stillen, wartenden Gestalt verdeckt wurde, einer schwarzen Gestalt, deren Umrisse sich zu denen einer kleinen alten Frau verdichteten, mit Mantel und Kapuze und vom Alter gebeugt. Die kleine alte Frau, auf die Rand sein Auto mörderisch geschleudert hatte. Die gespenstische alte Frau, die auf unerklärliche Weise in dem Augenblick verschwand, in dem sie von der Senke in der Straße verdeckt wurde.

Zum Anhalten war es zu spät. Ruth stürzte sich auf die dunkle, beängstigende Gestalt, verheddderte sich in Stoff, schäbig, verrottet, nach Verderbnis riechend, wurde von umhüllendem Stoff geblendet und stieß gegen eine leichenhafte, knochige Gestalt darin. Sie hörte einen dumpfen Schrei, der wie der Schrei einer kreischenden Eule klang. Die skelettartige Gestalt brach unter ihr zusammen, aber die verheddderten Tücher wurden von ihr mit hinuntergezogen, auf sie drauf, und knochige Finger harkten über ihr Gesicht.

Das Fleisch des Mädchens brannte wie kaltes Feuer, wo diese grässlichen Finger es berührten. Die Abscheulichkeit der Verderbnis zog mit jedem keuchenden Atemzug in ihre Lunge. Sie wälzte sich hin und her, kämpfte mit dem blockierenden Stoff, kämpfte mit dem ausgemergelten Körper, der sich unter ihr wand, kämpfte mit dem Schrecken, der ihr Blut zu einem gallertartigen Strom machte, zu einer eisigen Schneide, die in ihr Gehirn stieß.

Finger, die Knochen waren und von trockener Haut bedeckt, umklammerten Ruths Kehle, drückten zu, drückten zu, bis ihre Lungen nach Luft schrien und eine Schwärze, die nicht von der Nacht stammte, in ihrem Gehirn aufquoll. Knisterndes Gelächter rasselte durch das Tosen in ihren Ohren. Sie riss an knochigen Armen, an krallenbewehrten Armen, durchdrungen von übernatürlicher Kraft, an Armen, die sich nicht bewegen wollten.

Ein grünes, grässliches Licht blitzte auf und schlug zwischen Ruth und der alten Hexe ein, in deren Armen eine solche krampfhafte Stärke lag. Das Mädchen sah das Gesicht ihrer Widersacherin - die gelbe Haut wie Pergament zusammengezogen, so straff, dass jede Wölbung, jede Rauheit des Knochens darunter durchschien, und sie starrte auf einen haarlosen Schädel - mit gelben Zähnen, eingesunkenen Augen, Markschmelze. Das grässliche Grauen dieses Gesichts durchbohrte sie mit einem neuen Schrecken, sogar durch den Schmerz ihrer Gliedmaßen hindurch ...

Und plötzlich schoben sich Arme von hinten an ihrem eigenen Kopf vorbei; zottelige, brutale Finger umklammerten die knochigen Handgelenke an ihrer Kehle und rissen sie weg. Ruth zog einen keuchenden Atemzug in ihre gequälte Lunge, drehte sich ihrem Retter entgegen.

Die riesigen haarigen Hände bewegten sich schnell. Eine schlug über ihr Gesicht, bedeckte ihre Augen, ihre Nase, ihren Mund - ihre lederne Haut kratzte, ihr Gestank war widerlich, übel riechend. Die andere glitt über ihre Brüste, glitt um sie herum, und sein Arm verengte sich, hielt sie fest. Sie fühlte, wie sich wulstige Muskeln gegen ihren Körper stemmten, fühlte, wie sie mühelos von der ausgemergelten Gestalt der Alten hochgehoben wurde, fühlte sich in fesselnde Arme gebettet, die wie knorrige, lebendig gewordene Äste wirkten. Ein knirschendes, triumphierendes Lachen erklang in ihren Ohren ...

III. - EIN GRAB FÜR ZWEI

RUTH lag auf einem Hügel aus loser Erde. Seile zerrten an ihr, schnitten in ihr weiches Fleisch, fesselten sie hilflos, und ein schmutziger Lappen steckte in ihrem Mund, um sie zu knebeln. Schmerz quälte sie - Schmerzstreifen in ihrem Gesicht, wo die fleischlosen Finger der Hexe sie aufgeschlitzt hatten, Schmerz an ihrer Kehle, wo dieselben Finger sie festhielten und würgten. Der Schmerz pochte in ihrem Körper und in ihren Schläfen.

Aber die körperlichen Schmerzen waren nichts im Vergleich zu ihren seelischen Qualen, den Qualen ihres Kummers und ihrer Verzweiflung. Denn im fahlen grünen Licht einer Fackel, die in die Erde des verlassenen Friedhofs gesteckt wurde, lag eine andere Gestalt neben der ihren.

Grausig still lag Rands fein gemeißeltes Gesicht auf dem Bett aus frisch gegrabenem, fauligem Lehm und hob sich grausig grün von der schwarzen Erde ab, seine Züge waren zu einer Maske unendlichen Schreckens erstarrt. Er trug keine Fesseln - es gab keinen Grund, ihn zu fesseln. Sein Körper rührte sich nicht; er lag schlaff und unbeweglich da, und über seiner dunklen Brust zeigte sich ein dunkler Fleck, sein eigenes geronnenes Blut, das aufgehört hatte zu fließen. Sie konnte den Schnitt durch seine Jacke sehen - die klaffende Wunde, die ein rostiges Messer, das in der Dunkelheit stach, verursacht hatte.

Ein dumpfes Geräusch drang an ihr Gehör, das dumpfe Aufschlagen eines Spatens, der in den nachgebenden Boden eindrang.

Das grüne Leuchten wurde von einem sich bewegenden Schatten verdunkelt, der über sie hinwegging und kurzzeitig regungslos auf dem Lehm dahinter verharrte. Ein verkrümmtes, groteskes Ding war dieser Schatten; der Schatten eines Affenmanns aus den Nebeln der Vorgeschichte; ein vorstehendes, tonnenbrüstiges, langarmiges Wesen, eine Stufe über dem Tier, umso widerlicher, weil menschliche Leidenschaften die unverfälschte Grausamkeit des Tieres befleckten. Der Schatten bewegte sich wieder, das Ding, das ihn warf, grunzte, und Erde wölbte sich, spritzte und fügte dem Haufen, auf dem Ruth und ihr Mann lagen, etwas hinzu.

Sie hatte sich geschworen, ihn nicht mehr anzusehen, aber die unwiderstehliche Faszination der unendlichen Angst zog ihre schmerzenden Augen von Rand weg und zu dem Grabenden. Die grüne Fackel steckte hinter ihm, ihr Glanz wurde durch die von den alten Gräbern aufsteigenden Ausdünstungen getrübt, und er hob sich als schwarze, formlose Silhouette dagegen ab. Aber Ruth konnte einen stirnlosen, vorspringenden Kopf ausmachen, der an sich riesig aussah, aber unpassend klein zu der breiten Schulter, an die sich dieser Kopf presste. Sie konnte den zotteligen, riesigen schwarzen Körper sehen, die muskelbepackten, affenartigen Arme, die kurzen, dicken Beine, die für das enorme Gewicht seines Rumpfes gespreizt und an den Knien seltsam gebeugt waren. Und das grüne Licht drang in das Loch, das die menschliche Bestie grub, das viereckige, rechteckige Loch, das der monströse Küster in den stinkenden schwarzen Lehm des Friedhofs grub.

Erdkörner schlitterten von ihr weg, als ein Schauder, den Ruth nicht unterdrücken konnte, ihre gefesselte, schlanke Gestalt erfasste. Das Loch war ein Grab, daran konnte es keinen Zweifel geben. Ein großes Grab, zu groß für einen Leichnam. Zu breit für den Leichnam ihres ermordeten Mannes allein. Wer war noch dazu verdammt, in dieser sich rasch vertiefenden Leichengrube zu liegen?

Noch einmal hämmerte die Frage auf ihr Gehirn ein, und wieder flohen die Gedanken schnatternd vor der offensichtlichen Antwort. Dieses Grauen, dieses ultimative Grauen, konnte nicht sein. Irgendwo in der sepulkralen Düsternis der Nekropole, hinter dem einen oder anderen der schiefen, baufälligen Grabsteine, die im flackernden Licht der Fackel so grässlich grün leuchteten, musste noch eine andere Leiche verborgen sein, ein anderes Opfer des mitternächtlichen Täters. Die Frau vielleicht, die alte Frau, die ohnehin schon eine halbe Leiche war. Das musste es sein, er hatte auch die alte Frau getötet, und er wollte sie mit Rand begraben.

Der Spaten grub sich tief ein. In der Ladung, die er hochbrachte, schimmerte etwas Weißes, ein Knochen. Es gab noch andere, die sich auf einer Seite auftürmten, die entweihten Knochen derer, die enteignet wurden, um Platz für neue Pächter des Bodens zu machen, in dem sie so lange unbehelligt gelebt hatten. Gekrallte, haarige Finger rissen die neueste Reliquie aus der Schaufelladung und schleuderten sie auf den Haufen. Es klapperte, und ein

Schädel rollte davon, stieß gegen eine Unebenheit, schaukelte ein wenig, sodass eine furchtbare Wiederkehr des Lebens zu ihm gekommen zu sein schien, als er zu Ruth hinaufgrinste.

Etwas berührte ihre Seite, fummelte an ihren Fesseln. Irgendwie widerstand das Mädchen dem erschrockenen Zucken ihrer Muskeln, hielt sich starr. Sie rollte langsam den Kopf, die Nackenmuskeln angespannt und zitternd, eisig vor Angst, dass die Bewegung den Killer anlocken könnte. Niemand außer Rand lag neben ihr, überhaupt niemand, und er blieb regungslos, totstill wie zuvor.

Nein, nicht ganz so wie zuvor. Sein Arm hatte sich bewegt, der Arm zu ihr hin, so heimlich, dass selbst sie das langsame Kriechen nicht gehört hatte. Sein Arm reichte bis zu ihr, und es waren seine Finger, die an den verknoteten Stellen arbeiteten, die sie fesselten. Er war nicht tot! Rand lebte!

Gott sei Dank! Oh, Gott sei Dank! Rand lebte! Im Moment zählte nur das. Ihr Geliebter lebte noch. Und in wenigen Minuten würde er sie befreien, damit sie für ihn kämpfen konnte, für ihn und für sich selbst. Eine Woge der Stärke erwärmte ihren kalten Körper, eine Woge der Entschlossenheit erhitzte ihr taubes Gehirn. Irgendwie würden sie beide den zotteligen Killer besiegen, irgendwie würden sie dem Schicksal entgehen, zu dem er sie verdammt hatte.

Eine Veränderung im Tempo der abgehackten Spatenstiche ließ ihren Kopf wieder zu sich kommen. Der Affenmann richtete sich auf. Der lange Schaufelstiel ragte aufrecht aus dem Erdwall, in den er ihn gestoßen hatte. Er hatte es geschafft. O Gott! Er hatte das Doppelgrab zu früh beendet!

Unter dem Rübenbusch seiner Augenbrauen glitten seine kleinen Augen zu ihr, fingen das Licht ein und wirkten wie zwei grüne Kugeln, die bedrohlich glitzerten, grimmig, reptilienhaft bedrohlich. Dicke Worte brabbelten zwischen seinen vorspringenden Lippen hervor.

"Genug. Groß genug."

Sein plattgedrückter, affenartiger Kopf neigte sich ein wenig zur Seite, als würde er lauschen. Ruth hörte keinen Laut, aber der knochige Kopf nickte ernst, und der brutal geformte Halbmensch setzte sich in Bewegung und kam auf sie zu.

Das Fummeln von Rands Fingern hatte aufgehört, und die Seile waren fest, fest wie zuvor. Jede Zelle in Ruths Körper schrie Protest, ihr Gehirn kribbelte vor Angst und Verzweiflung. Der Mörder wollte sich Rand holen, wollte ihn in das Grab legen, das er gegraben hatte. Der Mörder befand sich direkt über ihr, hielt inne, beugte sich vor.

Seine großen Arme stießen vor und seine haarigen Hände schlossen sich um sie. Die zurückweichende Neigung seines tierischen Gesichts verzog sich, als vergilbte Reißzähne in einem grausamen Grinsen auftauchten, und sein fauliger Atem stank ihr in der Nase. Er hob sie hoch. Sie bäumte sich in seinem Griff auf und wand sich vergeblich im Zugriff von Händen, die Knöchel und Handgelenke mit stählernem Griff umklammerten. Er drehte sich halb um, ignorierte ihre schwachen Kämpfe und warf sie direkt in den klaffenden Schlund des Grabes, das er gegraben hatte!

Sie polterte auf den geräuschvollen Boden, aber sie spürte den Schlag ihres Körpers nicht wegen der schockierenden Erkenntnis, die ihren Verstand betäubte. Sie sollte die andere sein, bestimmt für diese irdische Gruft. Sie, lebendig und bei Bewusstsein, sollte hier begraben werden. Lebendig begraben!

Peng! Rand schlug neben ihr nieder, dröhnte, stöhnte. Ihr Mann lag neben ihr! Ein Krampf verzerrte Ruths Körper, wahnsinniges Lachen zerrte an ihrer Kehle. Oh Gott! Oh Gott! Dies war ihre Hochzeitsnacht! Dieses

Grab war ihre Liege, ihr Ehebett! Von der Kirche zum Grab - war je eine Hochzeitsnacht ein solcher Albtraum?

Er lebte, und sie lebte, und sie befanden sich in einer Grube, einem Grab, und die ersten Erdklumpen, die sie beerdigen sollten, purzelten herab. Noch einer!

Rand wälzte sich. Seine Finger zerrten an den verkrampften Fesseln, und seine Stimme dröhnte in ihren Ohren. "Ruth. Zieh. Versuch, sie zu lockern." Seine Stimme klang dünn vor Angst. "Hilf mir."

Nutzlos. Schlimmer als nutzlos, sich zu wehren, während Erde von dem verrückten Küster über ihnen auf sie herabregnete. Verrückt? Natürlich war er verrückt, und sie war verrückt, und das hier passierte überhaupt nicht.

Sie konnte die große, groteske Gestalt dort oben sehen, konnte den Schwung seines Spatens über der Öffnung sehen und sehen, wie die Erde von ihm abrutschte und herunterpolterte. Sie sah nebliges Licht hinter ihm.

Plötzlich gab es einen Wirbel von Dunkelheit hinter ihm. Ein dünner Arm schob sich aus den Falten eines schwarzen Stoffes. Ein Messer wölbte sich und verschwand plötzlich in der Fuge zwischen dem kugeligen Kopf und den wuchtigen Schultern. Blut spritzte, sprühte über Ruth und Rand.

Und in diesem Moment lösten sich die Fesseln! Sie drehte sich, krallte sich an Rand fest. Die beiden hoben sich; ihre Köpfe ragten aus dem Grab, als der Affenmann an ihnen vorbei die Grabseite hinunterrutschte. Die hagere Gestalt der Hexe hob sich schwarz von dem blassen Gewölbe des Mausoleums ab, und das Messer in ihrer Hand tropfte scharlachrot. Dann drehte sie sich um und wollte weglaufen.

Worte brachen aus Rand hervor, ein großer, schluchzender Schrei. "Warte! Geh nicht weg. Nicht!"

Er kletterte aus dem Grab, aber die alte Frau blieb ein huschender Schatten zwischen den Grabsteinen. Rand stürzte hinter ihr her. Ruth bekam die Hände auf die bröckelnde Erde des Grabes; ihre Füße tasteten und fanden Halt in etwas, das sich darunter bewegte, etwas, von dem sie wusste, dass es der Körper des Menschenaffen sein musste, der noch lebte. Die Finger umklammerten ihren Knöchel; sie trat heftig, sprang. Sie sprang aus dem Grab, stand auf den Beinen; sie rannte hinter Rand her, der schon weit entfernt in der Grablandschaft zu sehen war.

Sie rannte hinter Rand her, und er hinter der huschenden schwarzen Gestalt der Frau. "Rand!" Ruth schrie.

"Rand!"

"Komm schon", schrie er über seine Schulter, ohne sich umzudrehen. "Komm schon." Und plötzlich verschwand die Frau.

Sie hatte sich in einem ovalen Schatten neben der Straße aufgelöst, und Rand tauchte in diesen Schatten ein, verschwand ebenfalls! Ruth glitt an einem schiefen Stein vorbei, drehte sich zu der dunklen Stelle, an der die beiden, denen sie gefolgt war, ins Nichts verschwanden, und sah, dass es eine bogenförmige Öffnung in der Erde gab. Ruth tauchte hinein.

Muffige Schwärze schloss sich um das Mädchen, Erde polterte unter ihren stampfenden Schritten und eine Steinwand schürfte ihren Arm auf. Sie befand sich wieder in dem Tunnel, durch den sie aus der Gruft floh - und weit vor ihr lief Rand, und vor ihm die Frau in Schwarz. Das Stampfen ihrer Füße dröhnte durch den Gang - das Stampfen ihrer Füße, Rands Schrei und der schrille Schrei der Frau.

Ruth hatte den Eindruck, dass der dunkle Gang weniger Abzweigungen hatte als der, den sie zuvor entlang flüchtete, und dass er länger war ...

Dann hob sich plötzlich der Boden unter ihren Füßen. Licht brach über sie herein, durch das die beiden, denen sie folgte, hindurchgingen - Rand direkt hinter der schwarz gekleideten Frau. Dann kam Ruth aus dem Tunnel heraus.

Aber nicht in das Mausoleum. Es handelte sich merkwürdigerweise um eine altmodische Stube mit velourbespannten Fenstern, einem staubigen Durcheinander, vollgestopft mit Krimskrams, in dessen Mitte ein mit Fransen geschmückter Tisch stand, auf dem eine runde, glühende Lampe brannte. Und in der Mitte des Raumes kämpfte Rand mit der alten Frau in Schwarz.

Nein! Er hielt sie in seinen Armen! Die Kapuze hing von ihrem totenkopfähnlichen Kopf, und - Gott sei Dank - er küsste die fleischlosen Lippen!

Die Augen des keuchenden Mädchens weiteten sich vor Panik. War er verrückt? War ihr Mann tatsächlich ein Wahnsinniger?

Rands Gesicht hob sich von dem der Frau, und es leuchtete vor Freude. "Mutter! Es ist alles in Ordnung. Ich bin jetzt darüber hinweg. Ich werde nie wieder Angst vor dem Tod haben."

"Dein Vater war grausam, aber er hatte recht." Die dünne, zitternde Stimme klang ganz menschlich, und Ruth sah jetzt, dass ihr Gesicht irgendwie zärtlich und sanft aussah - dass nur die Spuren der Jahre und des Leidens es so schrecklich hatten erscheinen lassen. "Du wirst um so glücklicher sein wegen dieser einen furchtbaren Nacht." Ihre dünnen, durchsichtigen Finger berührten seine Wange. "Du verstehst und vergibst ihm jetzt, nicht wahr?"

Rands Miene verhärtete sich. "Ich verstehe und verzeihe ihm für mich selbst, aber nicht für das, was er meiner Frau angetan hat. Wenn ich gewusst hätte -" Er drehte sich um, sein Arm griff nach Ruth, und zitternd schlüpfte sie in seinen Armkreis, spürte, wie er sich zusammenzog - "was er meiner tapferen und treuen Frau damit angetan hat ..."

"Tapfer und treu ist richtig", unterbrach ihn seine Mutter, "und sehr süß." Ihre Augen blickten flehend. "So tapfer und treu und lieb, dass ich sicher bin, dass auch sie uns verzeihen wird, wenn sie es versteht."

Es lag etwas so Rührendes, so Anziehendes in ihrem Ton und ihrem Ausdruck, dass Ruth nicht hart sein konnte. "Was ist es", fragte sie, "das ich verstehen und verzeihen soll?"

"Die Schrecken, die du heute Nacht durchgemacht hast." Ruths Mutter seufzte. "Der Schock, in eine Gruft gebracht zu werden, um die Brautnacht zu verbringen. Vielleicht hätte Rand es nicht tun sollen. Vielleicht hätte er zulassen sollen, dass man ihn enterbt ..."

"Es war nicht das Geld, Mutter. Wenn das alles wäre ..." Rand machte eine Geste der Entsagung. "Es war, weil es Vaters letzter Wunsch war und ich ihn nicht ablehnen konnte."

Ruth blickte fassungslos von einem zum anderen. Die Wangen ihres Mannes wirkten noch immer wachsbleich, seine Augen ängstlich. Seine Mutter lächelte wehmütig. "Du siehst, meine Liebe, welchen seelischen Wahn er durchgemacht haben muss."

"Ja", krächzte Rand. "Ich glaube, ich wurde während der Zeremonie halb wahnsinnig vor Groll. Ich erinnere mich nur an den Anfang und daran, dich am Ende geküsst zu haben. Einmal glaubte ich sogar, sein Gesicht vor mir zu sehen und dass ich es geohrfeigt habe ..."

Das war also der Grund ... Aber die alte Frau redete weiter. "Meine Liebe, wir Parkers sind eine seltsame Familie. Mein Mann Gresham war launisch, vielleicht exzentrisch. Aber ein weiser Mann. Ein sehr kluger Mann. Ich hatte zwei Söhne. Paul, der Älteste, wurde geboren ... Nun, du hast ihn heute Abend draußen gesehen ..."

Ruth schnappte nach Luft. "Das war dein Sohn! Rand, das war dein Bruder ...!"

"Das war mein Sohn und mein Kreuz." In den Augen der alten Frau zeigten sich Tränen und Qualen. "Wir waren uns ziemlich sicher, dass seine Missbildung nur körperlich war, obwohl bei ihm niemals die Helligkeit herrschte. Sicherlich ist er nie gewalttätig gewesen, bis ..." Sie hielt inne, erschauderte. "Aber das kommt später ...

"Rand, obwohl ansonsten ein normaler Junge, wurde von frühester Kindheit an von einer abnormen Angst vor dem Tod geplagt. Früher wachte er nachts schreiend auf und schluchzte in meinen Armen, dass er nicht sterben wolle, dass er nicht aufhören wolle, wie er es ausdrückte. Als er älter wurde, nahm die Angst zu ..."

"Ich litt unter den Qualen der Verdammten", fügte Rand hinzu. "Manchmal verfluchte ich meine Eltern dafür, dass sie mich geboren hatten, damit ich weiß, was es heißt zu leben und mir bewusst ist, dass ich unweigerlich sterben muss ..."

"Warte, Rand, lass mich Ruth erzählen. Diese allgegenwärtige Angst nagte an seinem Verstand, bis wir befürchteten, dass er wahnsinnig werden würde. Gresham versuchte, ihn zu heilen, aber ohne Erfolg - bis ihm auf seinem Sterbebett etwas einfiel.

"Er setzte es in sein Testament. Nachdem er ein lebenslanges Einkommen für mich beiseitegelegt hatte, sollte sein Besitz treuhänderisch verwaltet werden, bis Rand heiratet. In der Hochzeitsnacht sollte Rand seine Braut zum Mausoleum auf dem Friedhof hinter dem Hügel bringen, ohne ihr ein Wort der Erklärung zu geben, und die erste Nacht dort mit ihr verbringen. Siehst du, er wollte das glücklichste Erlebnis seines Sohnes mit dem Gedanken an den Tod verknüpfen und so diesem Gedanken etwas von dem Glanz des anderen verleihen."

"Wenn Rand nicht gehorchte, sollte der gesamte Besitz an Paul gehen. Wenn er es durchzog, würde Rand das Anwesen bekommen."

"Oh, wie schrecklich!" Ruth schauderte.

"Ja, sehr grauenvoll. Aber weise, abgesehen davon, dass Gresham nicht vorhersehen konnte, dass Paul plötzlich wahnsinnig werden würde, während Rand weg war und mit Mr. Storm, seinem Anwalt, den Trust besprach ..."

"War er wahnsinnig, Mutter?" Rand unterbrach. "Immerhin hätte er geerbt, wenn er mich aus der Gruft vertrieben oder getötet hätte -"

"Er war wahnsinnig, Rand." Die Antwort der alten Dame fiel unmissverständlich aus, aber Ruth fragte sich, ob sie es wirklich glaubte. "Meine Tochter ..." Wieder dieses wehmütige Lächeln.

"Wenn deine Erlebnisse heute Abend so schrecklich waren, was glaubst du, wie meine waren, als ich wusste, dass Rand mit seiner Braut kommen würde und dass mein anderer Sohn irgendwo lauerte, um ihn zu töten? Was glaubst du, wie ich mich fühlte, als ich auf der Straße wartete, um Rand abzufangen? Was glaubst du, wie groß mein Entsetzen war, als ich dein Auto kommen sah und im selben Moment Paul in der Öffnung des Tunnels kauern sah, den Rand gegraben hatte, damit er unbeobachtet in die Gruft hinein- und wieder herauskommen konnte - Paul mit einem Messer in der Hand, das er für seinen Bruder bestimmt hatte? Ich habe meinen verrückten Sohn gejagt ..."

Rand regte sich. "Als ich dich auf der Straße sah, wusste ich, dass etwas furchtbar falsch lief, und habe beschleunigt, um dich zu überholen. Aber du warst schon weg, als ich über die Kuppe kam. Ich wusste erst, dass es Paul sein musste, als der Schirm, den ich zum Schutz des Feuers angebracht hatte, wenn sich die Tür der Gruft öffnete, anfing zu fallen ..."

"Ich fing Paul ein und sperrte ihn in sein Zimmer, aber er kam wieder raus und ..."

"Warte", rief Ruth. "Warte. Den Rest kann ich mir vorstellen. Ich will nichts mehr davon hören. Nie wieder."

"Ruth!" Rands Stimme war heiser, gebrochen. "Dann kannst du mir nicht verzeihen! Aber ich kann dir nicht verübeln ... Ich bringe dich morgen früh nach Hause und ..."

Ruths Hand berührte seine Lippen und stoppte ihn. "Dummerchen. Du wirst mich morgen früh nirgendwohin bringen." Eine große Welle des Mitleids wogte in ihr auf. "Ich bin zu Hause. Dies ist mein Zuhause. Und wir werden den ganzen Schrecken vergessen, und ich werde versuchen, dich von nun an sehr glücklich zu machen, dich - und Mutter ..."

Rands Ausruf war ein großer Freudenschrei, als er sie in seine Arme nahm. "Dann verzeihst du mir?"

"Natürlich. Natürlich, mein Mann, mein Geliebter. Natürlich."

Der Druck seiner Lippen auf ihre, der ihr die Worte abschnitt, war so süß, so süß ...

ENDE

BUCHTIPPS

Armageddon 2419 AD
Deutschsprachige Ausgabe Autor: Nowlan, Phillip Frances Die Erzählung Armageddon 2419 A.D beschreibt eine endzeitliche Katastrophe im Amerika des 25. Jahrhunderts. Das ganze Land wurde von den Chaharen Han erobert. Die Han besitzen eine ...

Conan der Legendäre: Der Schwarze Koloss
Autor: Howard, Robert E. „Der schwarze Koloss" ist eine der originalen Geschichten mit dem fiktiven Schwert- und Zaubereihelden Conan dem Legendären, geschrieben vom amerikanischen Autor Robert E. Howard und erstmals im ...

Conan der Legendäre: Der Schwarze Zirkel
Autor: Howard, Robert E. „Der Schwarze Zirkel" (The People of the Black Circle) ist eine der Original-Novellen über Conan dem legendären Barbaren, geschrieben vom amerikanischen Autor Robert E. Howard und erstmals ...

Conan der Legendäre Eine Hexe wird geboren
Conan der Legendäre Eine Hexe wird geboren Autor: Howard, Robert E. „Eine Hexe wird geboren" ist eine der Originalgeschichten von Robert E. Howard über Conan den Kimmerier. Sie wurde erstmals 1934 in Weird ...

Conan der Legendäre: Rote Nägel
Autor: Howard, Robert E. „Rote Nägel" ist eine der seltsamsten Geschichten, die je geschrieben wurden – die Geschichte eines barbarischen Abenteurers, einer Piratenfrau und einer verschollenen unheimlichen Stadt, die von dem ...

Conan der Legendäre. Jenseits des Schwarzen Flusses
Autor: Howard, Robert E. „Jenseits des Schwarzen Flusses" (engl. „Beyond the Black River") ist eine der originalen Geschichten über Conan den Kimmerier, geschrieben vom amerikanischen Autor Robert E. Howard und erstmals ...

Das grausige Hobby von Sir Joseph Londe
Das grausige Hobby von Sir Joseph Londe: Sammelband. Alle zehn Horrorstories (ToppBook Belletristik 6) 1. Auflage, Kindle Ausgabe von E. Phillips Oppenheim (Autor), Klaus-Dieter Sedlacek (Herausgeber) „Was für einen Unfug wollen Sie ...

Das Kristall-Ei
und Eine Terrornacht / Operation in der vierten Dimension / In der Raumzeit verirrt. Autor: Wells, H.G.; Breuer, Miles J.; Zagat, Arthur Leo Dieses Buch enthält unter anderem eine gewaltige Geschichte von ...

Das Paradies der Damen
Das Paradies der Damen: Roman (Historical Diamond) von Klaus-Dieter Sedlacek (Herausgeber), Emile Zola (Autor) Der Titel ‚Das Paradies der Damen' ist der Band 19 in der Buchreihe ‚Historical Diamond'. Der Autor Emile ...

Das rote Zimmer
und Der neue Nervenbeschleuniger / Das Ding von – „Draußen" / Die Farbe aus dem All Autor:Wells, H.G.; England, G. A.; Lovecraft, H.P. Ein ungenannter Protagonist und Erzähler beschließt, die Nacht in ...

Der Alchemist Leonhard Thurneysser
Die Lebensgeschichte des Goldmachers von Berlin. Autor: Sedlacek, Klaus-Dieter (Hrsg.) . Der im Jahr 1531 geborene Leonhard Thurneysser erlernte als Sohn eines Goldschmieds in Basel die Kunst seines Vaters, übernahm aber bald ...

Der Mann, der Wunder vollbringen konnte
und Der Maschinenmensch von Ardathia / Der Todesstaub / Der Gesandte der Aliens Autor: Wells, H.G.; Flagg, Francis; Zagat, Arthur Leo; Jameson, Malcolm Die Titel-Geschichte ist ein Beispiel für die große zeitgenössische ...

Der schreckliche Gott Taa
und Die Pilzvergiftung, Satan geht zum Angriff über, Jenseits des Zeittors Autor: Wells, H.G.; Jameson, Malcolm; Zagat, Arthur Leo; O'Brien, David Wright Die Titel-Geschichte „Der Schreckliche Gott Taa" stammt vom amerikanischen Schriftsteller ...

Der Skandal um Pfarrer Brown
Sammelband mit 9 Father Brown Krimis. Autor: Chesterton, G. K. „Es wäre nicht fair, die Abenteuer von Pfarrer Brown aufzuzeichnen, ohne zuzugeben, dass er einst in einen schwerwiegenden Skandal verwickelt war. Es ...

Die Dreißig Grenze
oder Der verlorene Kontinent vom Autor der Tarzan Geschichten. Autor: Burroughs, Edgar Rice. Der Autor stellt sich eine Zukunft im dreiundzwanzigsten Jahrhundert vor, in der die westliche Hemisphäre den Kontakt mit dem ...

Die Farm der Tiere
Eine Vision über bedenkliche gesellschaftliche Entwicklungen. Autor: Orwell, Georg. Eines Nachts versammeln sich alle Tiere vom „Herrenhof" in der großen Scheune, um Old Major zu lauschen. Der preisgekrönte alte Eber hatte einen ...

Die Geschichte des Eichhörnchens Nussbacke
Die Geschichte des Eichhörnchens Nussbacke The tale of sqirrel Nutkin. Bilingual – Zweisprachig: Englisch – Deutsch Autoren: Potter, Beatrix; Sedlacek, Klaus-Dieter The Tale of Squirrel Nutkin is a children's book written and illustrated ...

Die junge Mondfrau
Mondepos vom Autor der Tarzan Geschichten. Autor: Burroughs, Edgar Ric. Im zweiundzwanzigsten Jahrhundert kommt Admiral Julian der Dritte nicht zur Ruhe, denn er kennt seine Zukunft. Er wird im darauffolgenden Jahrhundert als ...

Die laszive Mylada
Severins Gang in die Finsternis. Autor: Leppin, Pau. Ein Textauszug: ... Aber das Entzückendste, das die Leute anzog und lockte, war Mylada. Irgendwo hatte Karla dieses Mädchen entdeckt, dessen Herkunft niemand kannte und ...

Die magische Fischgräte
Eine Feriengeschichte aus der Feder eines jungen Mädchens. Illustrierte Ausgabe Autor: Dickens, Charles Es war einmal ein König, und er hatte eine Königin; und er war der männlichste seines Geschlechts und sie ...

Die verlorene Welt
Die verlorene Welt: Abenteuerroman (Historical Diamond 9) von Conan Doyle (Autor), Klaus-Dieter Sedlacek (Herausgeber) Der Titel ‚Die verlorene Welt' ist der Band 9 in der Buchreihe ‚Historical Diamond'. Der britische Autor Sir ...

Exotische Reise durch Persien
Abenteuerlicher Bericht aus einer fremdartigen Welt des 19ten Jahrhunderts. Autor: Loti, Pierre. „Wer mit mir kommen und die Zeit

der Rosenblüte in Ispahan sehen will, der mache sich gefasst auf die Gefahren ...

Frankenstein OR THE MODERN PROMETHEUS

Newly illustrated 1831 edition. Autor: Shelley, Mary Wollstonecraft. Frankenstein; or, The Modern Prometheus is a novel that tells the story of Victor Frankenstein, a young scientist who creates a hideous, sapient creature ...

In der Tiefe

und Flug zum Titan / Eine Herberge der Hölle / Freddie Funks verrückte Meerjungfrau. Autor: Wells, H.G.; Weinbaum, Stanley G.; Zagat, Arthur Leo; Yerxa, Leroy Die Titel-Geschichte „In the Abyss (In der ...

John Carter – Der Riese und die Gelben vom Mars

vom Autor der Tarzan Geschichten. Autor: Burroughs, Edgar Rice. Die Saga um John Carter vom Mars bzw. der Barsoom- oder Mars-Zyklus ist eine der bekanntesten und auch beliebtesten Science-Fiction-Buchreihen des Tarzan-Autors Edgar ...

Junge Wilde und Philosophen

Die kultigen Kurzgeschichten „Flappers and Philosophers" in deutsch. Autor: Fitzgerald, F. Scott. Fitzgerald schafft ein treffendes Porträt von schönen, eigensinnigen jungen Frauen und ausschweifenden, vagabundierenden jungen Männer, die das ausmachten, was man ...

Kleine magische Geschichten von Oz

Illustrierte Ausgabe. Autor: Baum, L. Frank Keine der Geschichten des Autors Frank Baum waren so erfolgreich wie die in seinen Oz-Büchern. Die sechs Erzählungen in diesem Buch sind: „Der feige Löwe und der hungrige ...

Kleiner Schwarzer Sambo – Little Black Sambo

Bilingual – Zweisprachig: Englisch – Deutsch. Autor: Bannerman, Helen The Story of the Little Black Sambo is a children's book written and illustrated by Scottish author Helen Bannerman and is one of ...

Lieber allein!

Gedanken einer Junggesellin zum 30ten Geburtstag. Autor: Bell, Lilian. Die Protagonistin Ruth, eine junge Frau aus der High Society, befällt am Vorabend zu ihrem dreißigsten Geburtstag Panik, trotz vieler Gelegenheiten ist sie ...

Noa Noa

Der exotische Duft von Tahiti Autor: Gauguin, Paul Im April 1891 schiffte sich der berühmte französische Maler Paul Gauguin nach Tahiti ein. Auf der Flucht vor der europäischen Zivilisation mietete er eine ...

Prinz Otto oder Der Phönix und die Freiheit

Prinz Otto oder Der Phönix und die Freiheit Roman über Intrigen und Macht, Verrat, Hinterlist und wahre Liebe – vom Autor der »Schatzinsel« und von »Dr. Jekyll und Mr. Hyde« Autor: Stevenson, ...

Sternengezeugt

Eine Verschwörungstheorie über die Genmanipulation durch Außerirdische Autor: Wells H.G. In ‚Sternengezeugt' befasst sich der Autor H.G. Wells erneut mit der Idee der Existenz von Außerirdischen, über die er in dem Roman ...

Tarzans Alptraum

Tarzans Dschungelgeschichten IX. Autor: Burroughs, Edgar Rice. Die Schwarzen des Dorfes von Mbonga, dem Häuptling, waren dabei, sich den Bauch vollzuschlagen, während über ihnen in einem großen Baum Tarzan der Affen saß ...

The great god Pan / Der große Gott Pan – zweisprachig

Horror story English – German / Horror Geschichte Englisch – Deutsch. Autor: Machen, Arthur. The Great God Pan is a horror and fantasy novel by the Welsh writer Arthur Machen. Machen was ...

**Internet:
https://leseproben.net
oder https://lesestoff.eu**